# あなたがいたから、幸せでした。

如月　双葉

STARTS
スターツ出版株式会社

『もう、嫌だよ……』
　涙でボロボロになった私の顔。
　そんなとき、あなたは私にこう言ってくれた。
『生きろ』
『俺がそばにいるから』
　と……。

　初対面だったのに、あなたは私に優しくしてくれた。
　あなたがいたから……なんだよ。
　私が今でも生きているのは……。

　でも、そう思う一方で、こうも思うんだ。
　あなたと出会わなければ、こんなに悲しくなることも、こんなに悔しくなることも、なかったんじゃないかって。
　だって、私のせいであなたは……。
　ふいに襲いかかってくる悲しみに、ギュッと目をつぶりたくなる。

　だけどね、私はもう逃げない。
　そして、今なら言える。
　「ありがとう」って……。

contents

## 4章　別れのとき



## 5章　それぞれの未来

1章

# あなた

## 学校とは、そんなモノ

あなたはどんな人？

出会いなんて突然だよね。

私、あなたに助けられたよね。

あなたは笑いながら、『そんなことしていない』って言うかもしれない。

でも、私はそうだと信じているから……。

「優夏（ゆか）！　早く学校に行きなさいっ」

っ……。

わかってるよ。

「も、もうすぐ行くから……。し、仕事に行かなくてもいいの？」

頭からかぶっていた布団（ふとん）を、急いではがしながら言う。

「あんたが行かないからでしょう!?　あんたがそんなんだから、学校に行っても友達すらできないのよ！　それに、妹の雅（みやび）よりきちんとできなくてどうするの？　まあ、いいわ。朝ご飯は作れるでしょ？　ちゃんと作って、さっさと学校に行くのよ。じゃあ、仕事に行ってきますからねっ」

お母さんが、そう怒鳴りながら家を出ていった。

はぁ……。

思わずため息が出る。

学校に行きたくないな。

しかも、お母さんは毎日のように私と妹の雅を比べるし。

そりゃあ、雅のほうがかわいくて、私なんかよりもハキハキしている。

でも、だからって、そんなに比べないでほしいよ。

私だって、頑張っているんだよ……？

それほど地味でもないし、太ってなんかもないよ？

なのに、なのに……。

雅はいいな。

私なんかとは、違う。

ズルイよ。

こんなこと思いたくはないけど、雅がいなかったら、私は大切に育てられていたのかなぁ？

それとも、私がいるからいけないの？

ううん、こんなことは思っちゃいけない。

私、どうかしている。

私は、富山(とみやま)優夏。

高校２年生で、誕生日は８月14日のＢ型。

お母さん、妹、私の３人家族で、お父さんは……いない。

私のせいでお母さんと離婚してしまった。

私の、せい、で……。

私が学校に行きたくない理由は、"友達"がいないから。

高２になった数日後から、なぜか急にイジメられるようになった。

今は５月の中旬だから、イジメられるようになって約１カ月になる。

しかも、イジメはエスカレートする一方。

理由は……わからない。

私は、きっと嫌われ者なんだね。

そう認めてしまえば、やがてイジメにも慣れる。

でも、本当はとても悲しくて辛いよ……。

──プルルルルッ。

「うっ……」

枕元に置いておいたスマホが震え出し、着信画面を見る。

この電話は……。

出ないといけない、よね。

──プルルルルッ。

なおも震えるスマホ。

はぁっと、ため息をつく。

仕方がないけど、やっぱり出なきゃいけない。

「はい、もしもし……」

《あっ、やっと出ましたね!? 担任の中里(なかざと)です。休んでないで学校に来なさい、って昨日もその前も言いましたよね!? 今日こそは来てもらいますよっ》

ガミガミうるさいんですけど。

どいつもこいつも、お母さんと同じような口うるさい人ばかり。

私が学校に行かない理由くらい、わかっているくせに。

それなのに学校に来いって、酷(ひど)すぎる。

学校に来ない生徒がいたら、先生は『何かあったの？』って心配するもんじゃないの？

それが、うちの担任は“イジメ”を必死に隠そうとしているだけ。

はぁ……。

心の中で、本日２回目のため息をつく。

でも……今日は行こうかな。

だって、また学校に行かなかったら、お母さんにガミガミ言われるだけだし、こうやって先生から電話がかかってきても面倒くさいしね……。

「あの、今日は行きます……」

小声で言ったのに、中里先生には聞こえていた。

《あら、そう。なら早く来なさいよ。じゃあ》

——ガチャン。

ツーツーツー。

一方的に切られた電話に、ムッとしそうになる。

いつものこととはいえ、本当に感じが悪い。

『今日は行きます……』

なんて言ったけど、やっぱり行くのをやめようか。

そう思いたくなるのをグッとこらえて、おずおずとベッドから下りる。

「早く、準備しなくちゃ」

そして、そう呟(つぶや)いて準備に取りかかった。

着替えを済ませると、カバンを手にリビングの前で一瞬だけ足を止める。

ご飯は……いいや。

食欲もないし。

最近、体重が7kgも落ちた。

女の子ならうれしいことだろうけど、私の場合は、ちょっとやせすぎかも。

ちゃんと食べなきゃいけないよね……。

そう思いながら、玄関に向かい靴をはく。

今は7時52分。

妹は、もう学校に行っている。

「行ってきます」

私は誰もいない家に向かってそう言うと、家を出た。

「……」

家を出て約20分後。

校舎が見えてきたころだった。

——ドキドキ、ドキドキ……。

心臓が嫌な音を立てはじめた。

そして、手がうっすらと汗ばむ。

早く行かなきゃ。

そう思うのに、体が動かない。

帰ってしまおうかな。

そんな思いと戦い、どうにか勝った私の体。

1歩、1歩と着実に進んでいく。

大丈夫。

私なら、大丈夫だよ。

そう自分に言い聞かせつつ、どでかい校舎を見上げながら歩みを進めていく。

とうとう、来たんだな。

キレイに整備された高校に向かって歩く生徒たちは、元気でたくさんの笑顔を見せていた。

いいな。

私もイジメられていなかったら、今ごろは友達と、あんな笑顔でいられたのかな？

でも、そんな思いは誰にも届かない。

笑顔で制服を着たかったな、ただそれだけなのに。

制服は、紺色がベースの赤と青の線の入ったアーガイルチェックのプリーツスカート。

男子は同じデザインのスラックス。

シャツは学年によって色が違って、１年が黄、２年が赤、３年が青に指定されている。

毎年新しいのを買うことになっていて、新鮮みがある。

靴下は黒か白。

ワンポイント、キャラ入りは許される。

男子も女子もネクタイ。

１年のころは、黄色のシャツだったな。

あのころは本当に楽しかった。

今とは、大違いなほどに。

クラス替えなんて、なかったらよかったのに……。

こんなにかわいい制服を笑顔で着られないなんて、最悪だよ……。

なんてことを考えていたら、下駄箱にたどりついていた。

──キィィィッ。

下駄箱を開けようとする、不快な金属音が鳴り響く。

そぉっと開けたのに、なんでこんなに大きな音がするのかな？

そう思いながら下駄箱を開ききった瞬間、大量の紙が落ちる。

──バサバサバサッ。

「な……んなの、これ」

開けたとたんにこんなことが起きるとは、思ってもいなかった。

なんで、こんなことをするの？

１枚１枚目を通せば、

【まだ生きてんの〜？】

【死亡推定時刻、午後５時32分】

【クズのかたまり】

【空気が、け・が・れ・る！】

【いっそのこと、早く『死んじゃえ』よ】

と、たくさんの嫌な言葉。

死亡推定時刻とか……酷すぎじゃない？

空気が汚れる？

……どうして私なの？

そうやって言いたいのに。

言えたらラクなのに……。

だけど、私はそんなに強くなくって。

『死んじゃえ』って言葉はもちろん、目を通した言葉たちに、じわりじわりと心臓をわしづかみにされるような感覚がやってくる。

　まだ目を通しきっていない紙は、私の手の中。

　今、見た数の倍はある束。

　耐えろ。耐えろ。

　耐えないといけないんだって。

　私なら耐えられるでしょ。

　そう思ってみるけど、ちょっとだけ涙が溢れる。

　私は泣かない。

　泣いたら終わりだって思うから。

　だったら、なおさら今は耐えなきゃいけない。

　紙をカバンに詰め込んで、教室に向かう。

「あれ？　富山じゃん。いたことにも気づかなかったよぉ」

　廊下を歩いていると、そんな声が上がる。

　気にっ、しないっ。

　気にしちゃ、負けなんだ。

　何に負けるかなんてわからないけど、なぜかそんな気がした。

　だから、何度も何度も自分に暗示をかける。

　だけど、こうして直接的に言われると、やっぱり悲しくなる……。

　それに、傷つく。

　さっきの手紙なんかよりも、もっと、もっと……。

「富山って、あのイジメられてる奴だよな？」

ヒソヒソと話し出す人。

ヒソヒソ声なのに、なぜかはっきりと私の耳に届く声。

何がきっかけだったのか、何がいけなかったのか、それすらもわからない。

きっかけが思い出せないくせに、受けてきたイジメは鮮明に脳裏に焼きついている。

貸していたはずの消しゴムが、教室の床に転がっていた。

それを見てクスクス笑う、女子グループ。

たしか、それが最初だった。

気づけばイジメになっていたんだ……。

私、何かした？

そりゃあ、人にはダメなところは必ずある。

私だってあるから。

現にこうしてイジメられているのだから。

でも、地味でも、キモくも、おかしくもない。

そのほか大勢の中にいるひとりって感じなのに。

どうしてみんな、私を避けるの……？

イジメなんてやめてほしいのに……。

嫌って思っても『嫌』とはっきり言えない性格とか、私にとっては自分のすべてが嫌。

だから、イジメられるんだ。

でも、イジメられる前のみんなの優しさも知っている。

だから、私は何も言えなくなるんだ……。

前みたいには、もう戻れないのかな？

どうしてこんなことになったのかな？

私、みんなのこと信じていたのに。
大好きだった……のに。
みんなとの楽しい思い出は過去に。
過去の棚に、しまっておこう。
そうしないと、私自身がもっと弱くなりそうだから。
私が死んだところで、みんななんとも思ってくれない。
わかっている。
わかっているよ、そんなこと。
それでも夢を見ていたい。
あのころの、あの夢を。
楽しかったあのときに、戻りたい。
でも、もう無理だから。
過去には戻れない。
だから、私は今を精いっぱい生きないといけないんだ。
「げっ、富山じゃん。学校来てたんだ～」
悪気はないであろう男子のこんなセリフにも、ビクビクして怯えて……。
私、いつからこんな性格になったんだろう。
みんなが、私をイジメているとわかってからかも。
しかも、イジメはクラス内だけのことじゃない。
この学年はもちろん、ほかの学年の人にまで広がっている。
教師はこの事実を認めず、ヤケになって隠している。
それどころか……。
『お前に愛想がないのが悪い』
『それ相応の努力をしていない』

そんなことばかり言う。

酷いよね。

先生も助けてくれないなんて……。

ザワザワと騒がしい教室に１歩足を踏み出せば、

「「「「「……」」」」」

一瞬にして教室内は静まり返り、無言の睨(にら)みが飛んできた。

私はそれをなかったかのように、

「……」

無言で自分の席につく。

すると、再び騒がしくなる教室。

「ねぇー。あいつさ、いつまで粘ってんの？　これはじめてから、たしか１カ月はたったよね」

すると、私に聞こえるか聞こえないかくらいの声で、ひとりの女の子が話しはじめる。その言葉に反応したみんなが、またシーンとなる。

その気まずい空気を変えたのは……。

「ギャハハハッ!!」

「ちょっ、やめろよぉ〜」

廊下から聞こえたほかのクラスの男子たちの声。

その声に、みんながまた話しはじめる。

とてもぎこちなく、だけど……。

「今日のお弁当にはハンバーグが入っているって母さんが言ってたなぁ」

「へ、へぇ〜。それはよかったね」

みんなが無理しているのがわかった。

きっと、一部の生徒をのぞいて、私のイジメに関わることが嫌なんだ。

いつ私が死ぬかわからないし。

遺書に、自分の名前を書かれたら困るんだ。

だいたいそんなところだろうな。

ただ、名前なんて書くわけない。

死んで呪(のろ)ってやろうとも思っていない。

だって、私はきっと遺書も書かないし、死にもしないよ。

そんなふうに考え込んでいたから、気づいていなかったんだ。

「もっと体を張らせるようなこと、させなきゃね」

そう言っている人がいたことに……。

私はみんなに嫌われている。

でも、気に障るようなことはしたこともないし、理由が思い浮かばない。

ねえ、私が間違えているなら、誰か注意してくれればいいんじゃないの？

話しかけることすら、嫌なのかな……。

泣きたくなる。

でも、私は泣かない。

相変わらず涙が出そうになるけど。

さっきから強がっているだけなんだ。

だって泣いても、なんの解決にもならないから。

「富山さん、現国のプリント見せてよ」

　ＨＲが終わって少ししたころ、私に話しかけてくれた子がいた。

「え？　私に、話しかけてくれてる、の？」

　涙とうれしさが混じったような、そんな声で話した。

「は？　あんた自意識過剰なの？　あたしはあんたに、プリント見せろって言っただけなんだけど。そういうのムカつく。早くプリント見せて」

　クスクス、クスクス……。

　まわりから聞こえる不快な笑い声も。

　ずっと見られているってこともだけど。

　なんで、なんでこんな思いをしないといけないの？

　こんなにみじめで、しかも『自意識過剰』って。

「ねえ、ボーッとしないでくれる？　ほら、早く！」

　一段と声を荒げる彼女と、まわりで見ているみんなが、私を蔑(さげす)んでいる。

「……どうぞ」

　ゴソゴソ机の中をあさって、やっと取り出した現国のプリント。

　どうぞ、と言った瞬間、パッと取り上げられた。

「礼なんていらないよね～。逆に、礼を言われて当たり前のことをしたまでだもんね？」

　っ……。

　酷いよ。

　お礼をして、なんて言っていないし、『礼を言われて当たり前のことをしたまで』って、私をなんだと思っているの？
「『ありがとうございます』って言えよっ。自分の立場くらいわきまえろよな」
「マジ、自己中すぎない？　普通は礼を言ってなんぼでしょうが」
　みんなの、コソコソと言う呟きが耳に響く。
　なんで私が礼を言わなきゃいけないの？
　さっきまで乗り気でなかった人まで、私にクレームを浴びせる。
「「「言ーえ、言ーえ、言ーえ！」」」
　きっと私にプリントを見せろ、と言った彼女に逆らえないからだろう。
　彼女は、このクラスで２番目くらいに、リーダー的存在。
「あり、がとう、ござい……ま、す」
「「「ヒュウー！」」」
　私が言っただけでみんなが盛り上がる。
　なんで、学校に来るだけでこんなことになるのっ？
　もう、帰りたい。
　１時間目がまだはじまっていないにも関わらず、私は思った。
「ほら、あんたたち、もういいから。きっとこの子もわかってると思うよ」
　なんのことだよ。
　私は、何をすればいい？

わかっているって何を？

私、やっぱりダメだな。

それが、イジメの原因なのかな？

──ガラッ。

「席についてくださーい」

そんなことを思っていると、現国の先生が来た。

この先生は優しくて、みんなから好かれるタイプ。

私は、いいな、って感じでいっつも見ているんだ。

好かれている人は、本当にうらやましい。

私とは違うんだ、って思い知らされる。

みんなが席についていく中、私はふと思った。

現国のプリントが、ない！

私のプリント、返して。

そう一言言えばいいんだろうけど、あいにく私はそんな勇気を持ち合わせていない。

どうすればいいの？

もしかして、これが狙いだったの!?

酷い。

酷いよ。

いくら私が嫌いだからって、そんなのあまりにも酷すぎるよ……。

みんなが何を考えて行動しているのかわからないよ。

イジメられるためだけの存在なんて、いらない。

私は道具でも、ロボットでもないんだよ？

まわりを見渡せば、みんなが笑いたいのをこらえている。

どうして、こんな仕打ちを受けないといけないの？

嫌だよ。

誰か助けてよ。

でも、どうせ誰も助けてくれない。

だから、ヘンな期待はしない。

気づけば、みんなが先生にプリントを渡しはじめた。

「先生、プリントを忘れました」

私が先生のほうまで行ってそう言うと、

「あら。富山さんが忘れ物？　珍しいわねぇ。じゃあ明日、持ってきて」

と、ヘンに追及したりせずに、“珍しい”で済ませた。

先生に、『見せてって言われて貸しているんです』とチクるつもりは毛頭ない。

何も言えない私が悪い。

責めるなら私。

でも……。

陰でクスクス笑っているのを見たら、悲しくなっちゃう。

こんなことでは泣かないと思うけど、なんだか悪い予感が胸の中をグルグルとしている。

イジメが酷くなる？

これ以上酷くなって、みんなの成績が悪くなったらどうするの？

私は将来の夢とかないし、いい会社に勤めたいとは思っていない。

だから、大学に行くつもりもない。

けど、みんなは？

やりたいこと、あるんでしょ？

前、私と友達だったあの子も美容師になりたい、って。

あっちの子は、学校の先生だったかな。

みんな夢があるのに。

私とは違うのに。

こんなイジメで、自分の人生が潰れちゃうかもしれないんだよ？

もし私がみんなの立場だったら、絶対にイジメなんてしていない。

いや違うかな……。

みんなの立場だったら、イジメているかもしれない。

自分がイジメられるのは嫌だし、みんなと一緒だったら安心だからね。

みんなと一緒なら、何をしたって大丈夫。

そう思う弱い自分がいる。

「はい、じゃあここの問題を、富山さん」

ボーッとしていて、当てられていることに気づかなかった私。

先生の視線を感じて、やっと当てられたことに気づいた。

――ガタッ。

イスを引く音を妙にうるさく感じながら、立ち上がって答えを言い、

「どうですか」

　そう続けた。

　私の学校では、授業中に当てられた人は答えを言ったあとに『どうですか』と、言うシステムがある。

　それに対し、解答が合っていれば『正解です』。解答が間違っていれば『間違いです』と、みんなが言う。

「……」

　ところが、みんなが無言で……。

「はい、正解ですね。みんなもきちんと反応してあげてくださいね」

　先生がそう言えば、

「はーい」

　と、みんなが声を揃えて言った。

　そう、いうこと……か……。

　みんな私のときだけ、反応しないつもりなんだ。

　みんなが、私の存在自体を否定しているようで、怖い。

　怖くて、怖くて、不安で……。

　例えれば、ひとり暗闇の中をずっとさまよっている感じ。

　ひとりは怖いよぅ。

　誰か助けて。

　光はどこなの？

　まだ出口は見えないの？

　だけど、光も出口もまったく見えてこない。

　ここから逃げるには……。

　自殺……。

それしか浮かばない。

でも、ダメ。

自殺しても、現実はきっと変わらない。

前まで、自殺なんて他人事だった。

誰かが自殺しても、『なんでそんなバカなことを』くらいにしか思っていなかった。

だけど、いざ自分がイジメられる立場になったら……。

他人事じゃ片づかない。

私も……、って考えちゃう。

死にたくないけど、死ぬしかないのかも……と思ってしまう。

だけど、今は耐える。

それでいいよね？

――キーンコーンカーンコーン。

授業の終わりを知らせるチャイムにハッとする。

「今日はもう終わりです」

先生がそう言いながら教室から出ていくのを見送っていると……。

「これ、ありがとう」

ふいに声をかけられた。

まさか返してくれるなんて……しかも、お礼を言ってくれるなんて思ってもいなかった。

そう、さっき現国のプリントを奪って、返してくれなかった女子。

「マジ助かったよ～。これないと死んでた」
　彼女は、何か企んでそうな笑みを浮かべた。
　でも私は、気にしない。
　少しでも私を必要としてくれていたんだ、と思えたから。
　利用されただけかもしれない。
　けど、私にはそんなことどうでもいい。
「いや……、別に私は……」
　そう呟くような声を出したとき、
「別にお礼なんていいよ！　友達として当然でしょ？」
　と、私のうしろにいた子が声を被せてきた。
　え？
　どういうこと？
　でも、プリントを貸したのは私で、うしろの席の子じゃない。
　なのに、なぜ!?
　まわりを見ると、やっぱり笑っている。
　何がそんなにおかしいの？
　そんなことは聞けない。
「なに、こいつ。めっちゃ勘違いしてたよね～♪　普通に考えて、礼を言うような奴じゃないし、礼を言うほど役に立ったわけじゃないから」
　あははは っ。
　みんなからそんな笑いが聞こえてきた。
　でも私、プリントを貸したよ？
「ラナ、ほんっとうにありがとっ。ラナが教科書の予備を持っていなかったら、忘れ物になるとこだったよ」
「いえいえ。麻菜のお役に立てて光栄でございます」
ラナっていうのは、私のうしろにいる子。
で、麻菜って子は私がプリントを貸した子であり、クラスで２番目くらいにリーダー的存在。
ふたりのおかしな会話にも、笑えない。
じゃあ、私に礼を言ったわけじゃなく、ラナちゃんに礼を言ったんだ。
つまり麻菜ちゃんには、私がプリントを貸したと同時に、ラナちゃんも予備の教科書を貸していたってこと。
なーんだ。
そんなこと……。
私の目から、涙が出そうになる。
こらえなきゃ。
泣いちゃダメ。
泣かないで。
今、この場で泣いてしまったら、私はみんなからますます笑い者にされるだろう。
そんなことにはなりたくない。
私には、“我慢”という言葉がいちばん似合うのかも。
それにしても、まだ１時間目が終わったばかりだっていうのにもう疲れたな。
今日はもう帰って……。
いや、ダメ。
早退なんかしたら、またお母さんに怒られちゃう。

そして私は、その後の授業をボーっと受けた。

——キーンコーンカーンコーン。
授業が終わったー！
１時間目が終わってからはこれといった嫌がらせもなく、私はホッと息を吐く。
早く帰ろう。
そう思って、荷物をカバンに入れて立ち上がったときだった。
「なんかさ、最近、物足りないんだよね」
「何が？」
「そんなのわかってるじゃん。あいつだよ。まだ音を上げないじゃない？」
そんな声が聞こえたのは。
女子ふたりが、私のほうをちらりと見ながらヒソヒソ声で言っていたのだ。
彼女たちの言う『あいつ』って……絶対に私のことだ。
そして、『物足りない』のは私へのイジメの度合い？
彼女たちの言葉に、嫌な予感が渦巻く。
さらに、
「もう……マジで死ねばいいのに」
『物足りない』と言った女子が呟いた言葉は、私を傷つけるには十分すぎた。
私について言っているわけじゃない。
そう何度も思おうとした。

だけどそれはもう無理で……。

私はもう、いなくなったほうがいいのかな……？

再び“死”を考えた瞬間だった。

ところが……。

「おいっ、冗談でもきついぞっ！」

どこからか、男子の声が飛んできた。

少しハスキーで、凛(りん)とした声で……。

もしかして……私を助けてくれた？

もし、もし私を助けてくれた言葉なら、「ありがとう」って言わなくちゃいけない。

だけど、私は怖くて顔を上げられなかった。

もし私を助けてくれた言葉じゃなければ、とんだ勘違いになってしまう。

それこそ自意識過剰だ。

ところが……。

「遊びだとしても、人の命は大切にしろよな」

男子はそう続けた。

そして次の瞬間、ガラッという教室のドアを開ける音がしたので私はハッとして顔を上げた。

だけど、彼はもう教室を出ていて顔はわからなかった。

ただわかったのは、ハスキーボイスで、このクラスの人だということ。

助けてくれたわけじゃない。

そう思おうと思ったけど、自然と心が温かくなるのを感じた。

『別に助けたわけじゃない』

彼には、そう言われるかもしれない。

だけど、いつかお礼を言えたらいいな……。

そう思った。

「ちょっ、何よあれ！　ほんっとうにムカつくんだけど！」

男子の言葉に、ひとりの女子がキレはじめる。

私はまた何か言われるのが嫌だったので、急いで教室を出たのだった。

## 雅は私の憧れ

「ただいま」
誰もいない家の中に、私の声だけが響く。
家に帰ってきてホッとしたら、一気に疲れが襲ってきた。
久しぶりの学校は、やっぱり疲れる。
なんか眠たいかも。
今日も夜ご飯はいいや。
食欲が湧かない。
だけど、こんな私をお母さんは心配してくれない。
きっと“作る手間が省けてよかった”くらいにしか思っていないんだろうし、お母さんが私に抱いているのは、恨みと憎しみだけ。
そう思うのは、お母さんの私を見つめる目が憎悪に満ちているから……。
それは、お父さんとの離婚に“私”が関係しているからだと思う。
昔から夫婦仲がよく、目立ったケンカなんてしなかったふたり。
ところが私のせいで、夫婦関係は一瞬にして変わった。
妹の雅はまだ中学２年生で、私は高校１年生だったときのことだ。
離婚をする３日前、私の成績表が届いた。
それを見たお父さんが、私を叱った。

成績表はAが最高で、私はAが7つしか取れなかった。

12科目ある中の、7つ。

私は成績優秀なほうで、Aが7つも取れる人なんてそういない。

なのに、お父さんは、『これくらい取れて当たり前。なんでもっといい成績を残せないんだ』

と言った。

そして、立て続けにこう言った。

『妹のほうが優秀でどうするんだ。お前、勉強はきちんとしているのか？』

そんなことを言われて、私は黙っていた。

悔しさに唇を噛みしめながら、うつむいていたんだ。

どうして妹と、雅と比べられなきゃいけないの？

雅のほうが成績がいい？

当たり前でしょ。

普通の公立中学校に通う雅と、県トップの高校に通う私。

学校のレベルに差がありすぎる。

どれだけ差があると思っているの？

私だって、雅の歳のころはオール5はよく取っていたし、テストも100点がほとんどだったよ。

だけど、雅は？

今まで、オール5なんて数回しか取ったことないし、100点も二度しか取っていない。

それなのに、『雅のほうが』って言うの？

そんなの、耐えきれないよ。

私は子どものころから、どちらかといえば引っ込み思案だった。

でも、このときお父さんに対して初めて反抗心を持った。

ねぇ、どうして？

そんなに私のことが気に食わない？

ムカつく？

ねぇ、私はどうしたらいいの？

そこで私はキレてしまった。

お父さんが、私と雅を何度も比べるから。

『そういうのっ、やめてよっ！　私だって努力している！勉強だって人一倍に頑張っているのにっ。なんでわかってくれないの!?』

私は人生で初めて、父親に歯向かった。

『うるさいっ』

けれどそれは、お父さんの一言で儚くも散っていった。

雅と比べないで……。

お父さんに、私の言葉に隠された思いを伝えることができたのかな？

でも、お父さんには伝わっていなかった。

私のずっと抱えてきた思いを、お父さんはみじんも感じ取ってくれなかった。

『もう、いいっ』

私は叫び声を上げ、雅が見ていたことを確認すると家を飛び出した。

雅は、私を悲しそうに見ていた。

そう、悲しそうに……。

だけど、私は知っているんだよ、雅。

雅は私のこと、嫌いでしょ？

“大”がつくほどに、嫌いでしょ？

お父さんにけなされている私を見て、少しうれしそうだったじゃん。

“お父さん、もっとやっちゃって”

そんな視線を投げかけていたのを、見たよ。

私が家を出たとき、お父さんとお母さんの声が交互に聞こえた。

『これだからデキが悪い奴は嫌なんだ！』

『あなた！　いくらなんでも自分の娘に、それは酷すぎですよっ』

お父さんは私をけなし、お母さんは私をかばおうとする。

それから壮絶なケンカが繰り広げられたようで、私が家に帰ったころには雅とお母さんは泣き、お父さんは私を蔑んだ目で見てきた。

みんなが“お前が悪いんだ”というように、私をちらりと見る。

何が起こったの？

私がいない間に、何が……。

私は頭を冷やそうと思って、近くの公園をブラブラしていただけなのに。

２時間くらいしかたっていなかったのに。

　どうして。
『優夏、もう父さんたちは離婚することになったから』
『え……』
　どうしたら、そんな結論に至ってしまうの？
『おまえは父さんか母さんの、どっちについていくか決めとけよ』
　こんなことくらいで……と思いながらも、みんなの私を責める目を見ていたら、本当に私のせいなんだ……と思わざるを得なかった。
　離婚をさせるようなことをしたのは、私なんだよね……って。
　私はお父さんについていきたくはなかったから、お母さんのほうについていくことにした。
　雅も、なぜか絶対にお父さんのところは嫌だ、と言い張り、お母さんについていくことになった。
　その３日後、お父さんが離婚届けを出して家を出ていった。
『この家は、お前たちで使うといい。じゃあな』
　そう言い残して……。

『あんたのせいよっ！　なんでお父さんとケンカなんかするのよ！』
　お母さんは、お父さんが出ていったあとに怒鳴った。
　私は、何も言い返せずにいた。
　たしかに、お父さんと私がケンカしなければ、こんなことにはならなかった。

さらに雅まで……。

『お姉ちゃんのせいじゃんか。最低っ』

ああ、私って最低なんだ。

どんなにあがいても、雅より認めてもらえない。

もうお父さんが戻ってくることはない。

でも、もうしょうがないよね……。

このことがあってからだと思う。

なんでも“しょうがない”で、片づけるようになってしまったのは……。

「ふぅ……」

小さく息を吐いた。

それにしても……と、あの男の子のことを思い出す。

そう、私を助けてくれた人だ。

助けられたのかはわからないけど、私は少し気がラクになった。

家にも、学校にも居場所がなかった私が、唯一その人に認めてもらえている気がしたから。

うぬぼれてはダメ。

期待してはダメ。

わかっているけど少し、ほんの少し、希望を抱く。

イジメは悲しいけど、いつか終わると信じて。

私は闘(たたか)わないといけない。

私、本当に弱いなぁ。

つくづく思う。

今も、終わりの見えないイジメに対して、恐怖を感じ涙を流している。

頬を伝うそれは、きらりと光って私の手の甲に落ちた。

泣かない、泣いちゃいけない。

もっと、もっと、もっと。

私に勇気があれば。

私が強かったら。

私がなんでもできたら。

きっと毎日が楽しくて仕方がなかっただろう。

——ガチャリ。

「……ただいま」

１階でドアが開く音がして、妹が帰ってきたとわかる。

「おかえり……」

私は誰にも聞こえないようなか細い声で、ぼそりと呟く。

雅はダダダ……と階段を駆け上がって、私の隣の部屋の扉をゆっくりと開ける。

次の瞬間……。

「ねぇ、お姉ちゃん」

え？

雅が今、私に向かって話したの？

「あのね、何も言わなくていいから、ただ、聞いてほしいの。そこにいるんでしょ、お姉ちゃん……」

何を言うつもりなの？

もう、侮辱の言葉は聞きたくない。

隣の雅の部屋で、雅が壁際に腰を下ろした音が聞こえた。

私が座っているところの、真うしろだ。

壁を挟んだ向こうに、雅がいる。

それが私にとってどんなに恐怖か、雅はわかっていないでしょ？

「あたし、今、お姉ちゃんに向かって話しかけているの、すごく怖い。聞いているだけだからわからないと思うけど、これがあたしにとって……ううん、あたしたちにとって約１年ぶりの会話なんだよ……」

うん。

知っている。

こうやって雅と私が話すのは、雅が私に話しかけてくるのは、お父さんが出ていったあの日以来。

「あたし、お姉ちゃんに酷いこと言ったでしょ？　あれね、全部全部、嫉妬からだったんだ」

それって、どういうこと……？

私、嫉妬される要素なんてひとつも持っていないよ？

それに、私のほうが雅に嫉妬しているのに。

「勉強もできて、かわいくて、ちょっぴり天然さんで……。お姉ちゃんはあたしにはないものを持っているから……嫉妬しちゃって。本当は、お姉ちゃんはあたしの憧れだったんだよ」

そんなことないよ、雅。

私は小さいころから雅を見ていたけど、雅は自信家で、それでもって私よりもかわいかった。

　おしゃれもめいっぱい勉強して、キレイになるために努力していた。

「すっごく憧れてた。だから、お姉ちゃんと話せなくなってしまったとき、お姉ちゃんがどこか遠い人のように思えた。あたしとお姉ちゃんは違う。そう言われているようで、この距離が怖かった」

　うん。私と雅は違うんだよ。

　雅はかわいいし、努力する人で。

　それと、もうひとつ。

　イジメられていないでしょう？

「だからっ！　こんな距離、なくさないと、って思ってたっ。お姉ちゃんと前みたいに話さなきゃって」

　そんなふうに思っていたんだ。

　でも、なんで今になって私と話を……？

　私をワナにはめたい、とかそんなんじゃなさそうだし。

　私はどうするべきなの？

「今になってこんな話って、本当にヘンだよね。でも、あたし、今じゃないといけないと思ったんだ。お姉ちゃんに本音を言わないと、後悔が残るから。私の学校でね、ひとり自殺をした子がいるの。その子っ、あたしと仲よくてっ。でも、あたし、その子がイジメられていたってこと知らなかったの。あたしの前では、いっつも笑顔だったから。その子がね、逝っちゃう前に私に言ってくれていたことがあったんだ。『大切な人には、本音は言えないよ。けど、言っとかないと後悔するんだよ』って」

「……」

「そのあと、『今日、事故に遭うかもしれない。今日、病気になるかもしれない。今日、死んでしまうかもしれない。あのとき、“ああ言っとけばよかったな”、“こうだったらよかったのにな”って、思っちゃうでしょ？　そしたら、もう一生逢えないかもしれない人に、何も言うことができないじゃない。だったら今、この瞬間、言っとかないと。後悔だけは、したくないから……』って」

「……」

「しかも……最後は何か、ポロ、ポロッて涙を流していて。今までありがとうって感じであたしを見ていたのっ。なのにっ！　あたしは、あの子の痛みに気づいてあげられなかったんだよっ!?　遺言じみた言葉にも、その本当の意味にも……。あたし、人ってこんなに簡単に死ねるものなんだ、って思った。だから、あたしもその子の言葉どおり、言っとかなきゃ、って思えたの」

そう、だったんだ。

私、何もわかっていなかった。

雅が辛い思いをしていたことも、私のことをどう思っていたかも、全部。

本当に全然、わかっていなかった。

ごめんね、雅。

雅は、うっ、うっ、と嗚咽（おえつ）を漏らしながら泣いていた。

「雅……。ごめんね。ううん、今、欲しいのはこんな言葉じゃないよね。わかっているよ。けどね、そんな辛い思いをさせて、ごめんなさい……」

私が声を発したからか、雅がビクッと震えたのが、１枚の壁越しに伝わってきた。

「お姉、ちゃ、ん……。やっと、しゃべった、ね。ううっ、久しぶり、だし、謝らな、くてもっ、いいんだ、よ？　あたしが、いけなかっ、たんだし、こっちこそ、本当に、ごめ、んなさい……」

雅の嗚咽の混じった声に、私も泣けてきた。

人につられて泣くのは、本当に久しぶりで。

ひとりの時間が嘘だったように、しばらくの間、ふたりして泣きじゃくった……。

――カチャン。

お母さんが帰ってきた音がした。

「雅、お母さん、帰ってきたよ」

私がそう言えば、雅はクッと泣くのをこらえた。

「あたし、下に行くね……」

何かを決意したように、雅が呟いて部屋を出ていった。

私はただ、「うん」と、寂しい気持ちをこらえて言うしかなかった。

せっかく雅と話せたのにな。

そんな気持ちでいっぱいになる。

けど、私には引き止める権利も、勇気もないから。

だから黙って、「うん」と言う。

本当は、寂しくて、辛くて、『行かないで』って思う。

でも、私はお母さんとはうまく話せないし、何か言われるのが怖くて、話したくないって思ってしまう。

いつかは、ケリをつけないといけないのに。

いつまでも、前に進めない私……。

どうして、自分は雅になれないの？

雅だったら、どんなにいいか。

ねえ、雅。

ズルイ、って言ったら雅は怒る？

だって、雅はイジメられていないから。

イジメられているこっちの身にもなってよ。

そう、思っちゃう。

雅は知らないんだろうな。

私にとって雅は、どんなにすごい子か。

すごいなんてもんじゃないよ。

雅は強いし、勇気がある。

私との関係を変えようと、辛かったはずなのに話しかけてきてくれた。

それがどんなにすばらしくて真似のできないことか、雅はわかっていないでしょ？

うん、そう。

だから雅は、

雅こそが私の“憧れ”なんだよ……。

## あなたは誰？

——ピピピピッ、ピピピピッ……。

「ん……」

起き立ての眠い目をこすりながら、時計のアラームを止めた。

今日はなんだか目覚めがいい。

なんでだろ。

昨日、雅と話すことができたからかな。

だから、こんなにも気分がいいのかな。

そういえば昨日、あのまま寝ちゃったんだよね。

お風呂に入るのを忘れてしまったから、入らないと。

朝食も、今日なら食べられる気がする。

制服を持って、お風呂場に向かう。

まだ朝の５時すぎだし、誰も起きていない。

ふたりを起こさないよう、静かにお風呂に入る。

シャワーの音が、心地よく響く。

今日は、学校に行くべき？

正直行きたくない。

でも、あの男子に会えるなら。

そう考えると、別に行ってもいいかな、って思うんだ。

それにしても……あの男子は誰だったんだろう。

そんな疑問を抱きながら、私はシャワーを止める。

また、あの声が聞きたい。

あのきれいなハスキーボイスを。

こんなこと思われていたら迷惑かな……。

そんなことを考えながら着替えを済ませ、私はお風呂場から出た。

「あ……。お姉ちゃん！」

脱衣所から出てきた私に、驚きの声を上げる雅。

「雅。今、シャワー浴びてきたんだ。雅も？」

雅も制服を手にしていた。

「ああ、うん。そうなんだ。昨日、お風呂に入らずに寝ちゃってさ」

そして「汚いでしょ」、とつけ加えて言った。

「そうだったんだ……」

雅も昨日お風呂に入らなかったんだ。

なんだか私たち、似た者同士だ。

「お姉ちゃん、昨日は話を聞いてくれてありがとね」

雅はそう言うと、脱衣所に入っていった。

「雅……。私こそ、ありがとう」

私も少し照れ臭くなりながらボソッと呟くと、逃げるようにその場をあとにした。

自分の部屋に入って扉を軽く閉める。

私、雅と普通に話せたよね!?

ちょっといい感じじゃなかった？

よしっ！

なんか元気になったし、学校に行こうかな。

少しためらいはあったけど、大丈夫だと信じて今日も学校へ向かうことを決意した。

部屋を出てリビングへと向かい、ご飯を食べる準備をしはじめた。

朝ご飯をひと口、またひと口と、口にする。

私が今、食べている物は卵かけご飯。

昔から好きで、今も相変わらず好き。

ところが４口目を食べたとき、

「うっ……」

ものすごい吐き気と、食べることに対する拒絶反応が表れた。

なんで？

少しは食べられると思ったのに、なんで体は受けつけてくれないの？

私の心は少し軽くなったはずなのに……。

でも、本当に限界が来た。

気持ち悪い。

やっぱり食べないほうがよかったのかもしれない。

せっかくご飯を食べる気になったというのに、これじゃあ意味がない。

もうこれ以上食べられないし、残すしかないかな。

もったいないって思われても、吐きたくはないし……。

食器を片づけていると、お母さんが２階から下りてきた。

「あら、起きてたの？　今日は学校に行くわよね？」

尋ねられているはずが、どこか威圧感があって“学校に行け”と言われているように感じた。

　言われなくても、今日は行こうと思っていたよ。

　でも、そう反論できない弱い自分がいる。

「うん……」

　だから、一言しか返せない。

　離婚をするまでは、いたって普通の仲のいい親子だったのにな……。

　お母さんは、私が言葉を発することが嫌いなんだよね。

　私が話すとき、口を開くとき……お母さんは何か汚いものを見るような目で見ているから……。

　そんなのは嫌だし、かといって、しゃべらないで無視するなんて、もっと無理だよ。

　どうしたらいいの？

　お母さんに聞きたい。

　お母さんはどうしたいの？

　私は、生きていていいの？

　もし『ダメ』って言われたら、私はどうしたらいいんだろう。

　死ねばいいのかな……。

　でも、そんな勇気も私にはない……。

「あんた、いっつも行動がとろいのよ。ちょっとはちゃんとできないのかしら!?」

　お母さん……。

　なんでそんなに酷いことが言えるの？

　私は何？

あなたの子どもだよ？

そんなこと言ったって、どうせわかってくれない。

今のお母さんは、狂っているから。

「ごめん、なさい」

食器を洗い終わった今、私がここにいる必要はない。

だから、そう呟いてリビングを出た。

階段を急いで上がって部屋に入り、私は閉めたドアにもたれかかる。

「はぁ」

つくづく私はバカだな、と思い、ため息が漏れる。

自分が何をしたいかも、わからなくなっちゃって。

でも、学校に行かないと。

あの男子のことがわかるかもしれないから。

名前も顔も確認しなかったけど、声ならわかる。

あの声は、そうそう忘れられない。

優しそうな、少しハスキーな声。

チラッと時計を見ると、いつの間にか7時半をすぎていた。

行かないと。

重たい腰を上げて、私はカバンを持った。

私を助けてくれるような優しい人がいる。

思い込みかもしれないけど、そう思えば、学校も、家もそこまで憂鬱じゃなくなる。

玄関の扉を開けて、

「行ってきます」

誰にも聞こえないような声で呟いて、私は家を出た。

今日もいい天気だな。

そう能天気に思うのは、家や学校のことを考えないよう気を紛らわすため。

でも本当に、いい天気。

カラッとしていて、気持ちいい。

今は５月の中旬でまだ梅雨も来ていないけど、夏がもうすぐ来ちゃいそうな天気だ。

しばらくすると、学校の校舎が見えてきた。

頭では理解できていても、昨日と同じく足が震える。

大丈夫。

私は大丈夫。

自分に自信を持たなきゃ。

そして、校門まで近づいたとき、

「キャハハ～！　マジありえな……って、あれって富山だよね？」

誰かが私のことを話しはじめて、つい足が止まる。

チラッと声がしたほうに目を向けると、

「うっわ。朝から最悪なもん見せるなよな～。昨日からまた学校に来てたんだろ？」

仲のよさそうな男女がいた。

あれはカップルかな？

いいな。

私にも彼氏がいたらな。

叶いもしない願望を持ってしまう。

って、いけないっ！

校門の前で立ち止まるとか、迷惑になっちゃうよ。

ただでさえ迷惑で邪魔者なのに……。

そう思いながら歩き出す。

「ちょっと、富山。何してんの？　のろのろ歩いて、みんなの邪魔なんだけど！」

そう私に言ってきたのは、麻菜ちゃんだった……。

「ごめんなさいっ」

慌てて謝った私の言葉を遮るように、ドンッと彼女が私を押してきた。

“押してきた”というよりも、“ぶつかってきた”という言葉のほうが合う。

っ、いったぁ……。

鈍い痛みに顔をゆがめながらも、とにかく耐える。

「あっれ～？　もしかして当たった？　ごめんねー、あんたが見えなかったもんでついさ。あんたは、とにかく邪魔なのよ。存在自体が、ね」

みんなに聞こえるように大きな声で言う。

なんでこんなに酷い仕打ちをされるの？

彼女はそこまで言って、さらにもう一言呟いた。

「早く消えてよ」

と、私にしか聞こえない声で、それでもはっきりと……。

私の顔はさらにゆがんだ。

怖い。

彼女が。

みんなが。

今の時間帯は、いちばん人が多い時間。

だからか、校門周辺にはたくさんの生徒がいる。

そんな中、私にばかり視線が集まってくる。

嫌だよ、見ないで。

こんなカッコ悪い姿、見られたくないよ。

みんな、あっち向いてっ。

クスクス笑う者もいれば、ただ単純に見つめる者もいて、その視線の圧力に耐えきれず、私は靴箱に向かって駆け出した。

「もう、嫌だよ……」

私の口から漏れた言葉に、自分自身驚く。

イジメがいつまで続くか、考えるだけで恐ろしい。

みんなの前で、あんなふうに見せものにされることも、学校では永遠に続いていくのかな……。

私、やっていけるのかな。

きっと無理だ。

不登校でもなんでもいいから、登校拒否しようかな。

それとも、退学しようかな。

どうすればいちばん自分が苦しまずに済むの？

そんな方法、ないのかな。

見つからないなら、新しく作ればいい？

でも、どうやって作ればいいかわからないよ。

靴箱の前にたどりつくと、今度はラナちゃんがいた。

また私に何かするつもりなの？

ニヤニヤと笑う彼女が、私を楽しそうな目で見てくる。
嫌っ！
絶対に何かあるんだ。
何をされるの？
とりあえず横目でラナちゃんを見ながら、靴箱を開ける。
その瞬間、ラナちゃんの顔がいっそう輝いた。
昨日のように、ドサドサいう音は聞こえない。
よかった、何もない。
そう思ったのも束の間、私は地獄を見た。
「あ、れ……？」
自分の声が上ずっているのがわかる。
何もない……？
それは……。上靴が“ない”ということで……。
上靴はどこに行ったの？
そのとき、あることに気づいてハッとした。
きっと捨てられたんだ。
このあたりでいちばん近いゴミ箱は、と……。
ヤバい。
泣きそうかもしれない。
心の中だけでもポジティブになろうとしたのに……。
靴がなくなったことは初めてで、すっごく辛いよっ。
下駄箱の近くにあったゴミ箱に近づいて、ガサガサと中をあさる。
結構なゴミが入っていて、探しても探しても上靴は見つからない。

どこ？

すると、ラナちゃんがクスクス笑う声が耳に届いた。

これはラナちゃんがやったの？

だとしたら、ラナちゃんがうれしそうな顔をしていた理由がわかる気がする。

こうやって私がゴミ箱をあさるのを見るため。

わかっていてそこに立っているんでしょ？

手伝ってくれる気配もまったくないんだから。

しかも……。

――カシャリ。

突然のシャッター音。

え？

私、今、誰かに写真を撮られたの？

ここは下駄箱だし、人がたくさんいる。

当然、この姿はラナちゃん以外にも見られている。

ザワザワしている中で必死にゴミ箱をあさって、私、何をしてんのって感じだよね……。

目に涙がたまって、こぼれ落ちそうになるのを必死にこらえる。

私、みんなの見せものにされているんだね。

悲しくて、悔しくて、怖くて……。

すべてが嫌になる。

お前は生きていなくていいんだ。

そう言われているようで……。

必死になって上靴を探す私をよそに、みんなはとても楽しそうだ。

私を興味津々に見ている人たち。

そんな目で私を見ないで。

みんなはイジメられたことがないから、そんな酷いことができるんだよ。

イジメを味わってみてよ。

これがどんなに辛いのか、悲しいのか、わからないでしょう？

そう思いながらも上靴を探していると、上靴らしき物に手が当たった。

これだ、と思って引っ張り出してみると、汚くボロボロになった私の上靴が出てきた。

私は安堵の息を漏らしかけたけど、こんなに汚れた上靴は履けない。

あまりに汚すぎる。

私は急いでその場を離れ、仕方なく職員室からスリッパを貸してもらった。

先生たちからは、月曜日じゃないのになんで上靴を忘れるんだ、という目で見られたけど、

『忘れたんじゃないんです。イジメられて隠されたんです』

なんてことは言えなかった。

弱い私には、そう思うことすら許されないのかもしれない……。

教室に向かい、自分の席に座る。

クラスメートたちが何か言っている声がするけど、私には何も聞こえなかった。

それくらい、自分の世界に入り込んでいた。

学校につくまでは、まだ頑張れる気がした。

だけど、やっぱり生きているのが辛くなっちゃった。

次は何をされるのか考えると、すごく不安になる。

これ以上に辛いことが待ち構えているんだとしたら、私はいったいどうしたらいいのだろう……。

死にたい。

死んだら、どんな世界が待っているのかな。

雅の自殺した友達は、その世界を見られたのかな。

最低かな、自分。

こんなことを思うなんて、雅の友達がかわいそう？

でも……でも……。

私、こんな世界、もう嫌だよ。

もう、嫌なの。

こんな世界、辛いだけ。

私が死ねば、雅は喜ぶかもしれない。

お母さんはもっと喜ぶかもしれない。

私が死ぬのには、いい時期だよね。

今日で、すべてを終わりにしよう。

そんな決意と一緒に、うつむいていた顔を上げた。

最後の最後にもう一度、みんなを見るため。

そして、最後の授業を受けるために。

弱虫だ、と言われたって構わない。

私は、どうせもういなくなっちゃうんだから。

『今日16時ごろ、中学２年生の女子生徒が自殺を図り、10日後に病院で死亡しました。この女子中学生は遺書を残しており、そこには、イジメが原因の自殺であることを示す内容が綴(つづ)られていたと……』

前に家で聞いた自殺のニュースを、ふと思い出す。

そのときは、“かわいそうに”としか思わなかったけれど、私もそんなふうになるんだな、と思ったら、とても虚しくなった。

きっと自殺したあと『自殺』、『自殺』って。

お母さんや雅も、いろいろと言われるんだろうな。

でも、すぐにほかのニュースにかき消されて、世間から忘れ去られるんだ。

でも、そうだったとしても構わない。

みんな、今までありがとう。

それほど酷いイジメじゃなかったのかもしれない。

ほかの人と比べれば。

だけど、私は耐えられない。

そして、『ありがとう』の次に出てくる言葉は、最大級の『ごめんなさい』。

もし、私に生きてほしいと思っている人がいたなら、ごめんなさい。

だけど、私はそんな心優しい人に出会えなかった。

出会えていたら、死のうなんて思わなかったかな？

そんな人に、出会いたかったな。

一度でもいいんだ。

たったひとりでも構わないから、そんな人に出会えていたら……。

こんなに苦しくて辛い、イジメを受けている中でも出会えていたら。

私の何かが、変わった？

辛いときに寄り添ってくれる誰かがいたら、私は生きていけた？

いつの間にか、“生きたい”という思いは“死にたい”に変わっていた。

本当にいつの間にか。

いくら『助けて』と言っても、私を助けてくれる人なんて誰もいない。

家族、先生、友達だった子、イジメっ子、クラスメートたち……。

みんなのことを考えながら、私は放課後を待ち続けた。

その間にも何度か最低なことをされたけど、何をされたのかも覚えていない。

こんなのも、今日で最後だから。

そう、最後なんだから。

それしか頭になかった。

――キーンコーンカーンコーン。

放課後を告げるチャイムが鳴った。

私はもう解放されるんだね？

ああ、やっとラクになれる。

荷物をまとめて、一目散に屋上へと向かう。

屋上までの道のりは、まるで私を生かしておきたいかのように、長くて大変なものに思えた。

それでも、私は走った。

だって、早く行きたかったから。

うん、逝きたかったから。

――バァーーン。

屋上の扉を開く。

勢いよすぎちゃったかな？

でも、もうなんだっていい。

やっとついた。

やっと逝ける。

早く私を逝かせて。

――ドクン、ドクン、ドクン……。

心臓がうるさい。

それでも私は歩みを進める。

しかも、嫌な音ばかり立てる。

もう覚悟はしたはずなのに……。

イジメが原因で学校の屋上から飛び降り自殺なんて、ありきたりかな。

だけど私の人生の幕を閉じるには、十分だ。

屋上のフェンスに、手を触れる。

足が震えて顔が引きつって。

それでもイジメから解放されるのだと思えば、そんな震えもなくなる。

ラクになれる……。

カバンをその場に置いて、フェンスをまたごうとしたときだった。

「生きろ」

ふと聞こえた声。

それは、私が言われたかった言葉。

どう、して……。

こんなふうに、誰かが止めてくれるなんて思ってもみなかった。

声の主が誰かなんてわからないけど、いつの間にか私は、たくさんの涙を流していた。

自分でも気づかなかったほど、たくさん。

でも誰が。

誰が私を止めたの？

私は死ぬためにここに来た。

そして、死ぬ覚悟で今日を過ごした。

さっきだって、やめようとしたけど覚悟したじゃん。

なのに、なんで邪魔するの？

私は、死ぬの。

だからここに来たのに。

もう一度フェンスに手をかけて、体をフェンスの向こう側に出そうとしたとき。

「俺がそばにいるから」

ポツリと聞こえた声に、私はサッとうしろを向いた。

すると、屋上の入り口にひとりの男子が見えた。

涙で顔はよく見えない。

屋上の入り口からはかなり離れているけど、私がずっと待っていた言葉が、今、かけられた。

でもね、もう遅いんだよ。

死ぬって言ったでしょ？

だからね……。

優しい声に逆らい、涙でボロボロになった顔に笑顔を張りつけて私は言った。

はっきりと、聞こえるような声で。

「ありがとう。私が待っていた言葉を言ってくれて。でもね、もう決めたから。だから……。バイバイ……」

本当はね、止めてほしいんだよ。

でも、そんなことは言えない。

もう、逝かなくちゃ。

私は生きていても、意味のない存在なんだから……。

くるり、と再びフェンスのほうを向いた。

じつを言うと、本当は死ぬのが怖い。

怖くて怖くて仕方がない。

でも、今を生きているほうが私は怖い。

だから、私は真っ逆さまに落ちていくことを決意した。

「死ぬんだ？　本当は、まだ“生きたい”っていう思いがあるんじゃないの？」

……っ！

なんで彼にはわかってしまうの？

名前も知らないし誰かもわからない人なのに、図星をつかれたことに驚く。

「あのね、富山」

「……」

名字を呼ばれているだけなのに、なんだかほかの人とは違って声に温かみがある。

それに、私の名前を知っていてくれたんだ。

ああ、この声……。

聞いたことがあるよ。

昨日、私を救ってくれた男子の声と一緒だよね？

涙をぬぐって再びうしろを振り返ると、今度はちゃんと見えた。

彼は、キレイな顔をしていた。

端整な顔立ちで、柔らかい表情で。

美しい。

彼にはこの言葉が似合う。

赤色のカッターシャツに映える、スラッとした体型。

男の子にしては、細すぎるのかもしれない。

キミだったんだ……。

私を救ってくれたのは……。

「俺は、拓馬（たくま）。安西（あんざい）拓馬」

## 今ならまだ……。

安西拓馬、くん……。

心地よい、ハスキーボイスが胸に響く。

友達になりたい。

今、出会ったばかりなのに、そう思ってしまった。

だけど、もう無理だよ。

私は死んじゃうんだもん。

「そっ、か……。安西くん、あの……ここから出ていってくれないかなぁ？」

弱々しい声だったかもしれないけど、私はたしかに言った……よね？

「あっ、そうだ！　今日、駅前にハンバーガーショップができたんだけど、行ってみない？」

なのに……なんでそうなるんだ。

私、たしかに言ったよね。

『出ていって』って。

もしかして……彼には日本語が通じない？

そんなはずはないでしょ。

そんなくだらないことを考えていると、彼がこちらに向かって歩いてくる。

……って、えええぇ!?

なんで？

ヤバいよ。

ちょっと来ないでよ！

この顔、見られたくないのにっ。

こんな泣き顔、誰にも見せたくないのにっ。

「来ないで！」

私が叫んだ瞬間……。

――パシッ。

私の手がつかまれた。

「ねえ、富山。人って弱すぎるよ」

私の手をつかんだまま、話しはじめる彼にあ然とする。

すると、手に込められた力が一気に強くなった。

「痛っ！　離し、てっ」

やめて、痛い。

彼は痛みに顔をゆがめる私を見て言った。

「痛いって感じるのは、富山が生きている証拠じゃん。生きるのをやめるのは、まだ早いよ」

「……」

次の瞬間、スウッと痛みが和らいで解放感が訪れる。

私はつかまれていた手をさすった。

「富山はさぁ、生きなきゃいけないんだよ。義務とか、そこまで言うんじゃないけど、俺は死んでほしくないって思う。だからさ、生きろよ。生きて、ずっとずっと長生きして、『ああ、あのころはこんなことがあったな』、『あんな楽しいことがあったな』って思い出せよ。辛いこともあったけど、“生きていてよかったな”って、笑顔で言えるようになれよ！」

それを聞いた私は、うぅっと、嗚咽混じりに泣いた。
泣いても泣いても、涙は止まらなくて。
今までこらえていたものが、込み上げてくる。
なんて優しい人なんだろう、って思った。
そして、私はなんてバカだったんだろうって思えた。
死のう、だなんて考えるだけ無駄だったんだ。
“生きる”ことから逃げて、私は何がしたかったの？
「ねえ、富山？　今、生きたい？」
彼は、そう優しい声で言うとほほえんだ。
私はコクリと頷いて、
「……生きたいよ」
と言った。
それは、とても勇気のいることで。
だけど、本音だった。
今ならまだ取り返せる。
今なら、まだ生きられる。
いつか私が『生きていてよかった』と、心の底から言えるように、今を生きていきたいと思う。
今、この瞬間、彼と出会って、私は生まれ変わった気がしたのだった……。

# 2章
# 友達

# 私なら大丈夫

自分の人生は自分で決めたい。

まわりの環境のせいで、死のうと思うなんてどうかしている。

死なない。

生きる。

仮に選んだ道が過酷だったとしても。

私は、もう負けない。

「さっきも言ったけど、富山って、今日これから暇？　なら、ハンバーガーショップ行こーぜっ」

ニコニコと笑う彼につられて、私もニッコリほほえんだ。

そして、彼に連れられるままハンバーガーショップに入り、私たちはいろいろな話をした。

やっぱり彼は同じクラスだった。

「私のイジメに、気づいてた？」

私が尋ねると、

「俺、最近までずっと学校休んでたんだ。で、知ったのもつい最近。でも俺は助けたい、って思った」

そう言って、ジュースを飲む。

「じゃあさ、ひとつ質問なんだけど……屋上には、なんで来たの？」

私は思いきって聞いた。

「ん？　たまたまだよ。本当に偶然。俺、午後の授業がすんだらよく屋上に行くんだ。１年のときからそうだったんだけど、ま、知らねーよな」

ふーん、と私が相づちを打ち、

「今日は、いつからいたの？　もしかして、私より先に来ていたとか？」

と、聞いた。

「いや。たまたま屋上に入ったら富山がフェンスに向かって歩いている姿が見えたんだ。今日は先客ありかーって思ってたんだけど、まさか、富山が飛び降りようとしていたからびっくりしたよ」

ってことは。

私の行動の一部始終を見ていたってことだよね。

あー、もう！

恥ずかしいったらありゃしない。

「ねえ、なんで止めてくれたの？」

うつむきがちに尋ねてみる。

「なんていうか、死んでほしくないって思っちゃったんだよ。止めたとき、俺自身もびっくりしたんだけどな……」

そう、だったんだ……。

安西くんも、無意識のうちだったんだね。

「止めてくれて、ありがとう。私、安西くんがいなかったらそのまま逝ってた……」

そう小さく呟くと、フッと彼が笑って、

「そんなの、いつだって止めてやる。今は、富山が生きているだけでいい。富山がいなくなっていたら、後悔だけが残っただろうし」

と、言った。

そんな彼の言葉に合わせるように、店内のＢＧＭが切ない曲になった。

なんか、人にそんなこと言われたのは初めてだから、すっごくうれしくなる。

と同時に、照れ臭い。

「なー、富山って呼びにくいから優夏って呼んでいいー？」

えっ!?　今日初めて話すのに……。

でも……。

「う、ん。ちょっと照れ臭いけど、優夏でいいよ」

あー！

言っちゃったよー！

メチャクチャ恥ずかしいっ。

……って、私が照れなくてもいいのかな？

「じゃー、今から優夏で決まりっつーことで、よろしくな、優夏」

「こちらこそよろしくね、安西くん」

「『安西くん』？　なんで？　普通この流れだったら優夏も『拓馬』だろ」

「え……」

ヤバいっ、なんか勘違いしそう。

だってそれって、“友達なんだ”って言われているみたいじゃん。

　でも、うれしかった。

　泣いちゃいそうだよ……。

「あの、でも私たちって今日初めて会って友達ってわけでもないし、その『拓馬』って呼ぶのは気が引けるよ……」

「なんでー？　俺ら友達じゃん。こんなに仲よくなったんだしよ。そうじゃなきゃ、一緒にハンバーガーショップに行かねぇよ」

「……」

　『友達』……。

　私が驚きで言葉を失っていると、

「だから、拓馬って呼んでよ」

　優しい笑みを浮かべた彼が、そう言って私を見た。

　なんて優しいんだ……。

「じゃあ、私も、そのぉ、拓馬って呼ぶね。……えっと、ありがとね、拓馬」

　ものすごく恥ずかしかったけど、私は勇気を振り絞って言った。

「よっしゃ！　じゃあ、ここは俺のおごりな」

　すると、そんな気前のいいことを言いはじめる彼。

　でも、おごってもらうのって悪いよね？

「いーよ。自分の分は自分で払うから。初めて会った人にそんなことさせたら悪いでしょ？」

　私がそう言うと、彼は“わかってないな〜”という目で私を見ながら言った。

「男が一緒にいる女に払わせるとか、一生の恥だからな？

そんなダセーことできるわけねーじゃん。だから黙って俺に払わせろって」

そう言っているのは、私を気づかっているからだよね。

だったら申し訳なさすぎるよ。

今日、出会ったばかりなのに……。

渋っている私に、彼はこう声をかけてきた。

「俺が泣かしたよーなもんじゃん？　まだ目ぇ腫れてるし。せめておごらせてよ」

もしかして、それを気にしてくれていた？

だったら、少しうれしいかも。

「じゃあ、拓馬にお願いします」

「おう、任しとけって」

「あのさ、拓馬。まだ泣いた痕って残ってる？　私、そんなに酷い顔をしてる？」

私がそう尋ねると、

「そんな酷くはねぇーけど、泣いたんだな、ってわかる感じかな。でも、ちょっと腫れてるだけだから、大丈夫だろ」

そう言って、また笑顔を見せてくれた。

心の中が一気に温かくなる。

でも、幸せなのは今この瞬間だけだ。

だって、明日からイジメがなくなるわけではないから。

もしかしたら、日に日にイジメが激しくなることだって考えられる。

そんなの耐えられない。

だけど、今は彼がいる。

唯一、私の“友達”と言える人が。

友達がいるだけで、私はなぜかうれしくなる。

強くなれる気がする。

だから、嫌なことは考えたくなかった。

しばらく話していると、

「そろそろ帰る？」

彼がそう呟いた。

私は離れがたいような寂しい気持ちがあったけど、とりあえず帰ることにした。

「ただいま」

淡々とした口調で言うと、私は家に入った。

誰もいないのだから、これ以外に何も言うことはないし、私の中で『ただいま』を言うことは義務化していた。

仮に誰かが家にいたとしても、誰も聞いてくれないし誰も『おかえり』とは言ってくれないけど、やっぱり思っちゃうんだ。

寂しいって……返事をしてよって……。

自分の部屋に入り、部屋着に着替えてベッドに倒れ込む。

あ～、なんか眠いなぁ。

なんでだろ……。いっぱい泣いたから？

今日はうれしいことがあったから？

なんでかなぁ。

まあ、でも今日はもう寝よう。

ただ、今日のことは忘れたくない。

朝起きて、今日の拓馬とのことが夢だったらって思ったら、なんだか悲しくなってきた。

だけど、私はいつの間にか眠りに落ちていたのだった。

夢を見た。

その夢はとても悲しくて、やり場のない感情がどこに消えるのかもわからず、『ひとりは嫌だよ』と、ひたすら泣き叫んでいる自分がいた。

私は暗闇の中にいた。

あたりは本当に真っ暗で。

当然、何も見えない。

自分の姿すら見えないほどの闇。

そんな闇の中、私はひとりぼっちで、まわりには誰もいない。

それは、今の私の学校生活のようだった。

みんな、どうして？

私を避けるのかもわからないし、私がみんなに何をしたのかもわからなくて。

みんなのいない、人のいない闇の中。

私はひたすら泣き叫び、救いの手と救いの声を求めて歩き続けた。

だけど誰も助けてくれず、この夢には私以外の人が出てきてくれない。

やっぱりか。

求めすぎちゃいけない、ということを改めて実感して、私はまた泣いて泣いて、泣きまくった。

誰も助けてくれない中、私の虚しい叫び声と泣き声だけが、暗闇を切り裂いていた。

どれくらい時間がたったのだろう。

突然、奇跡が起きた。

それは、なんの前触れもない奇跡で。

私の目の前で、声がしたんだ。

『生きろ』

と。

もう、この暗闇からいなくなってしまいたい、と考えているときだった。

声がした方向に目を向ける。

すると、１本の力強い手が、私に差し伸べられていた。

暗闇で何も見えないはずなのに、その手は光り輝いていたんだ。

しかも、光るその手はとても温かそうだった。

その光に、その手に導かれるように、私は右手を伸ばす。

そっと、慎重に……。

そして、自分の手がその光に照らされて見えてきた瞬間、私の手と、その輝く手が重なった。

そのときだった。

その輝いた手は、私の手が少し触れた瞬間に消えた。

というよりも、私が触ったとたん、その手が粉々になって再び闇が訪れたのだ。

なんで？

なんで消えちゃうの？

次の瞬間、

『あああああああああああああああっ!!!!!!!』

私の絶叫にも似た声が、暗闇の中に響き渡った。

あの手は、誰のものだったの？

彼の、拓馬のものだったら……と思いたかったけど、いつか裏切られるのかもしれない、という恐怖に気が気ではなかった。

だけど、今の私にできることは、彼を信用することだけ。

だから、どうかこの夢が現実になりませんように……と暗闇の中で祈り続けていたのだった。

「ぅんん……」

目を覚ますと、もう朝になっていた。

また、お風呂にも入らず、食事もせずに寝てしまった。

それにしても、あの夢はなんだったんだろう……。

悲しいような。

辛いような。

恐怖もあったような。

昨日出会った彼が、もし夢だったりしたら、私はどうすればいいの？

ええと……。

彼の名前を思い出す。

……拓馬。

安西拓馬だ。

こんなにすぐに思い出せるってことは、夢じゃない。

だいじょーぶ。

うん。

夢じゃない。

昨日、ハンバーガーショップに行ったのだって覚えているし。

よしっ、私なら大丈夫だ。

今日もちゃんと学校に行こう。

とりあえず、シャワー浴びてこなくちゃね。

学校に行ったら、昨日よりももっと酷いイジメが待っているのかな？

ひとりで耐えるのは嫌。

だけど、これからはひとりじゃない。

拓馬がいる。

だけど、拓馬に迷惑をかけることはしたくない。

だったら、ひとりで耐えるほうがいいのかも。

私のそばに、拓馬がいるだけでいいんだから。

守ってもらわなくても、私なら平気だよ。

そう言えるようになりたい。

そんなことを思いながら、私はシャワーを浴びた。

何もかも消してくれるような心地よいシャワーに、心が癒される。

私は闘える。

もう“死のう”なんて考えない。

きっと大丈夫。

その言葉たちは、暗示のように私の心に響いた。

「大丈夫。うん。私ならやっていけるもん！」

呟いた言葉に、嘘はなかった。

本当にそう信じていたから。

大丈夫……と。

シャワーを浴び終えて、昨日と同じく朝食をとった。

昨日と同じように“今日なら食べられる気がする”という気持ちがあったから。

でも、やっぱり昨日よりも少ないご飯でも、私は吐き気を覚えた。

「今日もダメなのぉ？」

いつになったら、前みたく、ご飯がまたたくさん食べられるようになるの？

しかも、なんで今日も食べられないの？

私はこのまま死ぬの？

嫌だよ。

まだ、死にたくないよ。

このまま水ばっかりで、まともに食べられなかったら……本当に終わりかもしれない。

こんなところで負けちゃいけないよ。

まだ、食べられる。

そう思って無理やり食べようとすると、とたんに吐きたくなってしまう。

ああ、なんで。

いつから私はこんなになってしまったんだっけ？

大丈夫。

私なら大丈夫だってば。

そうやって自分に言い聞かせないと、私はすぐに壊れてしまう。

そうやって思っていないと、私は生きていけなくなっちゃうんだよ。

「あ、お姉ちゃん。最近、起きるの早くなったね。学校、そんなに楽しいんだ？」

続けて「あたしは楽しくないんだけどね」、と泣きそうな目をして言ってきた雅に、私はあ然とする。

そういえば雅は、大事な友達をひとり亡くしてしまったんだよね。

「あ……。雅、おはよう。えっと、別にそういうわけじゃないんだけどね……」

今はこれくらいのことしか言えない。

だって、私はイジメを受けているから。

『イジメを受けているから楽しくないよ』って言ったら、雅はびっくりするかな。

それとも、勘のいい雅は、私が学校でイジメられているって気づいているかな。

私は立ち上がると、まだご飯の残っている食器を無言でテキパキと片づけていく。

「雅はご飯、どうするの？」

私は別に咎めるように言ったわけじゃない。

ただ、普通に尋ねたんだ。

だけど、雅からは意外な言葉が返ってきた。

「あたし、最近朝は食べられないんだ。でも、ありがとう。お姉ちゃん、いっつもあたしのことなんか気にしないから、なんかうれしくなっちゃった」

そう言って笑える雅は、すごいな、と思う。

でもね、雅。

嘘はバレバレなんだよ。

「雅、無理して笑わなくてもいいんだよ？」

私がそう言うと、

「笑えて、るんだと思ったんだけど……やっぱりまだ、ダメかなぁ」

少し悲しそうに、それでも“あたしは生きるんだ”という目に、ただただ感動する。

ごめんね、雅。

私は何も言ってあげられていないかもしれない。

雅のこと、何も見ていなかったのかもしれない。

雅といちばん近い存在なのに、私、雅のことを何もわかっていなかったよ。

こんなお姉ちゃんでごめんね。

できそこないで、ごめんね。

両親より、もっともっと近い存在なのに。

『お姉ちゃん』って言われているだけで、雅に何かをしてあげたことはない。

そんなお姉ちゃんで、本当にごめんなさい。

私だって、妹に頼られてみたい。

だけど、私は雅に頼ってもらえるような、そんなできた人間ではない。

だからこそ言えること……。

「雅、無理はしないでね。でも、ちゃんと食べて。雅まで死のうとしないで。雅は今、きちんとこの世界で息をしているでしょ？　生きているでしょ？　だったら、頑張ろうよ。食べなきゃ、少しでも食べなきゃ、死んじゃうよ？　無理、しちゃダメなんだよ。辛いときは言って。私、雅のこと全然わかってあげられていなかった。これからは、ちゃんと雅のことを知っていくから。だから、“生きよう”って思って。生きることを諦(あきら)めないで。たとえ誰かが雅を嘲笑(あざわら)おうが、私は雅のそばにいるよ。どんなときでも、ずーっとそばにいるから。だから安心して。学校に居場所がなくなったとしても。雅の居場所は、ここに……この家にはあるから。だからお願い。ちゃんと食べて」

ねぇ、雅？

私、口ではこう言っているけど、本当は自分自身が何もできていない。

食事も、まともにできないくせに。

でも、雅に同じ思いは味わわせたくないし。

こんなバカでごめんね。

私もできるだけご飯を食べるよ。

明日からは、無理にでも詰め込もう。

雅も私を、見習うんだよ？

イジメられていないだけ十分マシなんだから……と思う私は、なんて偉そうなんだろう。

最低だよ、私は。

『ありがとう』って言われてんのに、なんでこんなに、こんなに……。

「お姉ちゃん!?」

「え？」

私は泣いていた。

どうしてこんなに涙が溢れてくるの。

この涙は、なんなの？

私は、どうしてこんなにも泣いているの？

悔しいの？

悲しいの？

苦しいの？

辛いの？

怖いの？

嫌なの？

違う、全部違うよ。

なんて言ったらいいのかな。

すごく、うれしいのかもしれない。

私は舞い上がってしまいそうで。

きっと、雅のことがわかったからじゃないかな。

私にとっての雅の存在の大きさが、今わかったから。

「もうっ、お姉ちゃんがそんなに泣いているから、あたしまで泣けてきちゃったじゃん。どうしてくれんのよっ」

責めるような雅の言葉だけど、その口調や声音はとても優しくて、雅ってこんなに優しい声をしていたんだ……って、今さら気づいた。

私もこの子のようになりたい。

「みや、び……。私、雅が大好きだからね？」

本音をこんなにぶつけたのは、いつぶりかな。

「お姉ちゃんっ！　そんなの、あたしもだしぃ……」

そうやって涙を、キレイな涙をこぼしながら、雅は私に笑みを向けてきた。

私も雅に笑い返す。

私たちふたりは笑い合った。

この時間は、私たちだけの時間で。

“幸せ”とも思えるような時間だった。

この幸せは、もう壊したくないよ？

そう思っていると……。

バタバタバタ……。

お母さんが１階に下りてくる音。

来ないでよ。

せっかくの雅との幸せな時間を、お母さんなんかに壊されたくないのに……。

だけど、幸せな時間は、一瞬にして奪われる。

「おはよう、雅。……って、なんで泣いてるの!?」

案の定、お母さんは雅の心配はするのに、私のことなんて気に留めることもない。

しかも、やっと私の存在に気づくと……。

「あ、優夏。もしかしてあんたが雅を泣かせたの!?」

こうやって私のせいにしようとしている。

ねえ、お母さん。

私も泣いているんだよ？

ほら、今もこんなに。

なのに、なんで雅のことばっかりで、私が泣いていることに気づいてくれないの？

「違うっ！　お母さん、違うっ！　あたしが泣いたのは、お姉ちゃんのせいじゃないのぉ!!!」

雅が必死にお母さんを説得している。

お母さん。

雅。

ふたりとも、私のことをどう思っているの？

雅はわかった。

さっきも本音でぶつかってくれたし、今だって、私を庇(かば)ってくれた。

じゃあ、お母さんは？

やっぱり私のことが嫌いなんだね？

邪魔、なんだね？

私のことなんて、どうせ自分の子どもとも思っていないでしょ？

私がいると、絶対にもめてしまう。

やっぱり私の居場所は、ここにはない。

学校にも、もちろんない。

どこにも居場所がないんだよ、私は。

もう、どうしたらいいの？

そう思っていると、

「あんたは、早く学校に行きなさい。遅れるわよ……」

お母さんがボソッと呟いた。

え？

今、お母さんは『遅れるわよ』って言った？

それは、私に向かって言ってくれたの？

もしかして、心配してくれている？

それとも、私の空耳だったのかな？

私が呆然としてお母さんを見つめていると……。

「早く行きなさい、って言ってんのよ」

と、お母さん。

結局、優しいんだか、冷たいんだか、私にはわからない。

だけどありがとう、お母さん。

そう心の中で呟きながら、私は学校に向かった。

学校が近づいてきて、同じ学校に通う生徒の数が増えはじめる。

「おはよ～」

「ん、おは～」

そうやって笑い合うふたりの女子生徒。

私はただ“いいな”という羨望の眼差しを向ける。

私も友達と笑い合いながら、楽しい高校生活を送るつもりだった。

もう、諦めているはずなのに……。

“いいな”という思いは芽生えるばかり。

そう思っているうちに、下駄箱についた。

私に話しかけてくれるような物好きの子なんて、この学校にはいない。

だけど、

「あっれぇ～おっかしーなー。今日も来てるよ、あいつ」

私を罵る人は、たくさんいる。

それにしても、私に聞こえるように言うなんてタチが悪すぎる。

酷い。

しかも、言っているのは麻菜ちゃん。

いったい、私が麻菜ちゃんに何をしたって言うの？

「麻菜ー、こいつめんどくない？　なんかウザいし、ちょー邪魔！」

そう言ったのは、知らない子。

だからなんで、私に聞こえるような声で言うの？

「なんかさ、もうあたし飽きたんだよね。だからぁ、もっと刺激が欲しいんだよねっ」

刺激？

刺激って、今度は何をするつもりなの？

私をイジメるのは、もうやめてよ。

なんでそんなにイジメるの？

楽しい？

私なんかイジメても、楽しくないでしょ？

せめて、違う人に……いや、絶対にダメ。

イジメの辛さを味わうのは、私だけでいい。

被害者は、もう出したくないよ。

飽きたのなら、もう私をイジメなくていいじゃないか。

でも、私はやっぱり弱くて。

そんなこと、言えなくて。

強くならなきゃって思うのに、どうにもできない。

そんな自分にイライラが募るけど、私は黙ったままうつむくことしかできなかった。

すると、

「おはよー、優夏」

背後から聞こえた、あの声。

彼の、声。

拓馬。

彼の声が私の頭の中で何度も響いて、とてもうれしくなったんだ。

でも、拓馬。

今、私に話しかけたら、拓馬にまで迷惑をかけちゃうよ。

私、どうしたらいいの？

『おはよう』って、返す？

どうしよう……。

「……」

「おい、無視すんなって」

その声に、拓馬を無視していたことに気づいた。

私、最低だ。

あいさつすべきか考えていたら、無視をしていた。

無視は、いちばんいけないんだから。

そうだよね……。

ただ普通に『おはよう』って言えばいいんだ。

まわりなんか、いちいち気にしていられない。

「おは、よう……」

少し遅いけど、おはよう拓馬。

それと、ごめんね。

「おせーよ」

そう言って、どこかうれしそうに笑う拓馬に、私もうれしくなってくる。

そして、私は拓馬に笑みを返す。

その瞬間、

「なっ、なんで笑ってるのよーーー」

そう言ったのは、麻菜ちゃん。

「うっわ、富山が笑ったぜ？」

今度は私のクラスの男子。

それは明らかに気味悪がっている口調で……。

笑っただけだよ？

なのに、なんで私はこんなにも、最悪な仕打ちを受けないといけないの？

酷いよ。

思わず泣きそうになったけど、グッと涙をこらえる。

いつからこんなに言われるようになったんだっけ？

私、なんでこんなに嫌われているの？

なーんにも悪いことなんてしていないし、嫌われるようなことをした覚えもない。

だけど、そう思っているのは私だけなのかな？

私に悪いところがあるなら、直すから教えてほしい。

みんなに認めてもらえるように、直すから。

だから、どうかお願い。

誰か私を助けて。

夢だったら、早く覚めて。

私は辛い思いをしてきた。

神様、もういいでしょ？

こんなにも頑張ったんだよ？

早く、私を夢の世界から出してよ……。

そんなことを思っても、やっぱり目は覚めていて、結局ここは、夢の世界じゃないって気づかされる。

そのときだった。

「おいっ。そういうのって、酷いんじゃねーの？　悪口を言う奴って、マジ苦手なんだよね」

え？　拓馬の声？

それは、私のために言ってくれたの？

もしそうだったら、

「ありがとう……。本当にありがとう」

私は、拓馬を見てぼそりと呟いた。

私の代わりに、私の言いたかったことを言ってくれて。

しかも、私をこうやって救ってくれるのは、やっぱり“友達”だから？

拓馬の優しさに、心が温かくなるのがわかった。

拓馬は優しくて、安心できる人。

一昨日も昨日も今日も、私のことを救ってくれてありがとう。

実際、私はすごくうれしかったんだよ？

だから、嫌な学校にも行こうと思えたんだよ？

こんなにもうれしくなったのは、いつぶりかなぁ。

幸せ、すぎる。

ところが、拓馬の言葉に麻菜ちゃんがキレはじめた。

「うるさいっ、うるさいっ、うるさいっ!!　何よっ。あんたには関係ないじゃんかっ。ちょっと顔がいいってだけで邪魔なんだよ、お前も！　あの子が、あんなに傷ついているっていうのに！　あんたらは邪魔なの！　だから、早くこの世界から……あの子の前から消えてよねっ！」

え……？

『あの子』って、誰？

私と拓馬が『あの子』に、何か悪いことをしたの？

気に障るようなことをしたの？

「ちょっ、やめなってば、麻菜!!　今こいつらにそんなこと言っても、意味ないよっ！　ね？　そんなこと言うの、やめよ？」

すると、ラナちゃんが止めに入った。

いつの間にラナちゃんがいたのかな？

そう思ったのは私だけじゃなく、

「……っ、ラナ!?　いつの間に……？」

麻菜ちゃんも驚いていた。

「はぁ。あたしは今さっき来たよ。麻菜が『刺激が欲しい』的な話をしたあたりから」

そうラナちゃんが言うと、「あ……」と少し気まずそうな顔をした麻菜ちゃん。

私は拓馬と一緒に靴を履き替えて教室に行く。

また、みんなに何か言われるんだろうなぁ。

そう不安になっていると……。

「大丈夫だから」

拓馬は、さらりと言ってのけた。

ありがとう。

私が不安がっていたこと、わかっていたんだ。

やっぱり優しいんだね、拓馬は。

拓馬の一言で、安心している自分がいる。

「うん。本当にありがとう」

今度は彼に聞こえるように……。

はっきりとした口調で言った。

拓馬……。

私、あなたに助けられてばかりだね。

甘えてばかりで、ダメだね。

強くならなくちゃ。

そう決めたんだから。

私は強くなるよ。

このイジメにも耐え抜いて……。

## もうひとり

「席ついてー」

ハッと、先生の声に我に返る。

ボーッとしすぎかな？

今は４時間目の授業がはじまったところ。

今朝以来、今のところ今日はイジメられていない。

だから、ついボーッとしてしまった。

それにしても、イジメられないのはなんでだろ。

やっぱり拓馬のおかげなのかな？

あんなに厳しく言ってくれたのは、拓馬がはじめてなのだから。

「きりーつ、れーい」

日直の声に全員が立ち上がり礼をして、

「ちゃくせーき」

一斉に席につく。

席について思う。

もしかして、イジメられなくなって私は安心している？

でも、それは油断しすぎだ。

たまたま、今日はここまでイジメられていないだけ。

このあと、どうなるかわからない。

もちろん明日だって……。

今のいちばんの敵は、“自分の弱い心”だと思う。

拓馬に頼りっぱなしもよくない。

私がそう気を引きしめ直していると……。

「岡田ー、この問題を解いてみろ。ここはセンター試験にも関わってくるとこだぞー？　ほら、今から前に出て黒板で解け」
うっわ……。岡田くんかわいそう。
寝ていたから、当てられたんだ。
まあ、寝るほうが悪いのかもしれないけど……。
今は数学Ⅱの授業中で、教科担当は長元先生。
男子には厳しく、女子にもそれなりに厳しい、今どき珍しい熱血系の男性教師だ。
だけど、生徒からは人気が高い。
しかも、イジメられている私のことをいろいろ気づかってくれるので、私も好きだったりする。
「うわー。マジッすか……」
ブツブツと呟き、気まずそうに頭をかきながら黒板へと向かう岡田くん。
そして黒板の前に立つと……。
「うっ。こんなの解けませんってばー」
突然、“えへへ”という感じで開き直った。
そんな無邪気な岡田くんに、教室内では笑いが起こる。
「そーだな、じゃあ、今度は寝んなよ？」
長元先生は苦笑いしながらも、岡田くんに念押しした。
すると岡田くんが席についたところで、
「じゃー、岡田の代わりにこの問題を誰か……」

なんてことを言い出した長元先生。

当てられたら面倒だ、と私は知らないフリをする。

なのに……。

「せーんせー、富山さんがぁ、解きたそーにしてまーす！」

そう言った女子がいた。

それは、やっぱり麻菜ちゃんだった。

すると、

「そーだね！　いいと思う！」

「さんせー！　富山、わかるって顔してるもん」

とか、いろいろな声が聞こえてきた。

しまいには、

「とーみっやま！」

「とーみっやま！」

そんなコールが聞こえてきた。

「富山いけるか？」

そう心配そうに聞いてきた長元先生。

この流れじゃ、行かなきゃいけないでしょ……。

私は、嫌々ながらも前に出て問題を解きはじめる。

──ごくり。

みんなが息をのむ音が聞こえた。

「おー、やっぱりみんなが言うように、富山にしてよかったよ。ありがとな、富山」

長元先生……。

先生と拓馬だけだよ、こんなに優しいの。

自分の席に戻ろうとして顔を上げると、みんなが口をあんぐり開けている。

ニコニコしている拓馬と、とても悔しそうにしている麻菜ちゃんを除いて……。

麻菜ちゃん、そんなに悔しいのかな？

だったら、私を指名しなきゃよかったのに……。

麻菜ちゃんは、なんでそんなに私をイジメたいの？

もう、やめてよ。

だけど、何度も心の中で繰り返す言葉は、なんの効果ももたらさない。

相変わらず何も言えない自分に腹が立つ。

しかも、このときの私は、このあとに事件が起こるなんてこれっぽっちも気づいていなかったのだ……。

「きりーつ、れーい」

「ありがとーございましたー」

そうして数学Ⅱの授業が終わり、昼休みになると……。

「あー、ちょっと富山、荷物を持ってついてきてくれない？」

突然、麻菜ちゃんが話しかけてきた。

「え？」

は？

え、いや、なんで？

なんで私？

どこに、行くの？

「あ、安心してー。あたしらも一緒についていくから」

そう言って、麻菜ちゃんと一緒にいた５人の女子が私を楽しむような目で見てきた。

その中には、ラナちゃんもいる。

安心できるわけがない。

だって、みんなの目は笑っているけどすごく怖くて、“私たちに逆らうな”と言っていた。

だから抵抗できるわけもなく、私はカバンを手に黙ってついていった。

教室を出ていくときチラッと拓馬の席を見たら、拓馬は心配そうに私を見つめていた。

いったい、私はどこに行くのか。

そんな不安もあったけど、今は怖くて何もできない。

このあと何が起こるかなんて、私にはわからなかった。

「ねぇ、ここまで来れば、もう大丈夫じゃない？」

そう言った麻菜ちゃんは、どこか楽しそうだった。

「うーん、まあいいでしょ」

ラナちゃんを含めたみんなが私をジロジロと見ながら、そんなことを言った。

連れてこられたのは屋上だった。

私、これから何をされるの？

昼休みの屋上は、あまり人が入ってこない。

どうしたらいいのかなぁ。

少し泣きそうになりながら考えていると、麻菜ちゃんが楽しそうに尋ねてきた。

「ねぇ、あんたさ、今、脱げる？」
「へ？」
　言われたのは、そんな言葉で……。
　思わず間抜けな声が漏れた。
　『脱げる？』って、服を？
　麻菜ちゃんは、いったい何を言っているんだろう。
　脱げないに決まっている。
　だから、私はおどおどしながらも口を開く。
「えっと、ごめんな、さい……」
　だけど、私の口から出たのはそんな言葉で……。
　なんで私、謝ってんだろう。
　もう嫌だ。
「あー、脱げないんだぁ。じゃあ、あたしらが脱がしてあげるー」
　バタンッ……。
　屋上の扉が閉まる音がした。
「ちょっと！　何してるの!?　もうやめてよぉ」
　私が泣きそうな声を出しても、誰もやめてくれない。
　５人、いや麻菜ちゃんを含めた６人は、私のほうを軽蔑するような眼差しで見ているだけ。
　――ガシッ。
　私はふたりの子に両腕をつかまれた。
　カバンが、足元のコンクリートに落ちる。
　腕をつかんできたのは、沙奈恵（さなえ）と凛（りん）だった。
　ふたりとは１年のときに結構仲がよく、移動教室を一緒に行ったりすることもよくあった。

中学は別だったけど、入学式の日に知り合ってすぐに友達になれたんだ。

それなのに……。

こんな形で裏切られるとは、思ってもなかったよ。

心のどこかで、“ふたりはまだ友達かな”って思っていたのに……。

そんな私の考えは甘かったんだね。

人は簡単に裏切るんだ……。

私がショックを受けていると、

「何、富山ってばボーッとしてんの～？　マジでウケるんだけどー!!」

麻菜ちゃんの声にハッと我に返る。

そういえば今、まんまと口車に乗せられてこんなところまで来たんだった。

しかも、このままでは服を脱がされてしまう。

「私に何するの……？」

これでも私なりの、必死な抵抗。

だけど、そんな抵抗もみんなものともしない。

「だいじょーぶだってぇ～。心配しないでよー。あたしたちって、友達でしょぉ？」

耳元で言われた沙奈恵の言葉に、私は過剰に反応した。

「……沙奈恵、私たちって友達なの？」

そう聞くと、沙奈恵は一瞬、顔をゆがめてから「もちろん」と返してきた。

そうシレッと答える沙奈恵に目を見開いていると、
「ってことで〜、いいよねぇ〜??」
と、沙奈恵が言った。
何が『いいよねぇ〜??』なのか、さっぱりわからない私。
「えっ、何がいいの？」
そう言っても、誰も私の言葉を聞いていない。
沙奈恵と凛の腕から逃れようと試みる。
だけど、まったく意味がなかった。
はぁ……。
私は何をされるの？
怖いよ。
怖い、怖い、怖い……。
本当に怖い。
「あのねー、今ぁ、この雑誌が話題になっててね〜？」
そう言って麻菜ちゃんが見せてきたのは、いろいろな人たちがヌードや下着姿を投稿している雑誌だった。
何、この雑誌……。
なんでこんな雑誌を、私に見せてくるの？
私が目を見開いていると、
「でー、ここに【随時募集中】って書いてあるでしょ〜？」
麻菜ちゃんが続けて言った。
うん？
それが何？
そう思っても、話がわかってきた私は顔が青くなっていく。
「それがどうしたの？」

私が遠慮気味に尋ねると、隣にいたラナちゃんが答えた。
「もうわかるでしょー！　これにあんたのセクシーショットを載せてあげるんだよ。大丈夫。顔は隠してくれるみたいだから！」
ラナちゃんの言葉に、衝撃を覚える私。
つまり、この雑誌に私が載るってことは、私はあられもない格好をしなきゃいけないってこと!?
「いっ、嫌……」
私は反射的にそう言っていた。
嫌だよ。
怖いよ。
そんなふうに思っていたら、沙奈恵と凛の腕の力が強くなった。
「あたしたち、友達じゃん。今、お金がなくって困ってんの……。やってくれるでしょ？　いいじゃん、顔は載らないんだし」
そして、沙奈恵が言う。
こんなのって、友達なんかじゃないよ。
なのに私は、恐怖とショックで拒否することも、頷くこともできなかった。
嫌だっていう気持ちは大きかったのに……。

いつの間にか、私は下着姿になっていた。
そして、
「じゃあー、こっからはあんたがどうするか決めていーよ」

　麻菜ちゃんが私に言った。
「でも、2択だよ？」
　続けざまにそう言ったラナちゃんに、ゾクリと背筋が寒くなった。
　そう言った顔があまりに冷たくて……。
「まずはー、おとなしく裸で写真を撮らせるか。もうひとつは、その格好でいいから、運動場を5周してくるか。さっ、どっちにすんの？」
　待ってよ！
　今ここでも十分に恥ずかしいのに、運動場を5周とかありえないよ。
　でも、いくら顔を隠してくれるといっても裸なんてありえない。
　どうすればいいの？
「5、4、3……」
　カウントダウンが急にはじまった。
「言ってなかったけど、5秒以内に答えなかったら運動場を走ってね？」
　ラナちゃんが横から口を挟んできた。
「……っ。嫌、だ。やめてってばっ……」
　今、両腕は自由だ。
　だけど、裸で雑誌に出るなんて……嫌だ。
　そう思いながら、私は反抗的な目を向ける。
「はっ？　ウケるんだけどー。ちょっとは聞き分けよくなってよねーノロマ～」

すると、隣にいた凛はそう言いながら私のブラを無理やりはぎ取り、ニッコリとほほえんだ。

どうして笑えるの？

私は瞬時に胸を隠して、凛を睨んだ。

そして、凛の手に握られている、はぎ取られたブラを呆然と見つめた。

「次は、下だね！」

アリスちゃんがそう言った。

アリスちゃんは2年から同じクラスになったけど、今まで話したこともない。

それなのに、なんでこんなことをするんだろう……。

そう思っていると……。

「えいっ」

そう楽しそうに言って、凛が私のショーツを無理やり脱がしにかかった。

破れたブラとショーツが、屋上の床に投げられる。

私は、その場に座り込んだ。

どうしよう。

あんなにビリビリにされたら、もう身につけられないよ。

泣きそうになるのをこらえていると、

――パシャ。

麻菜ちゃんがスマホで写真を撮りはじめる。

「やっ、嫌だぁ……」

私は思わず、泣きそうな声を漏らした。

そして、『もうやめて』と言おうとした瞬間、

「立てよ。早く立てよ！」
　麻菜ちゃんがそう言ったけど、私は必死で抵抗を試みた。
　すかさず、沙奈恵と凛のふたりが私の両腕を持ち、うしろで組ませた。
　……。
　顔が真っ青になっていくのがわかった。
　私、今、裸を撮られているんだ。
　こんなの嫌だよ。
　恥ずかしいっていうのもある。
　だけどそれ以上に、こんなみじめなのは耐えられない。
　そう思っているのに、私は写真を撮らせてしまっている。
「うーん、もっとこう、エロいポーズとかできないの？」
　そう言われて、ガクガク震えて縮こまる私。
　怖いよ、こんなの嫌だ。
「あ、大丈夫だよ。顔なんて撮ってないから」
　そんなの問題じゃないのに。
　でもよかった、顔は撮られていない。
　まだマシだよね？
「そーだっ。寝転がって谷間を強調してよ～」
　面白がってアリスちゃんがからかう。
　とたんに私は沙奈恵と凛にうつ伏せにさせられて、胸をコンクリートに押しつけられた。
　どうしてこんなに恥ずかしいことをさせるの？
　そう何度も何度も思ったけど、彼女たちが手を止めることはなかった……。

どれくらい時間がたったのだろう……。

「もうこのへんでいーよ。あんた、今度出しゃばったら、こんなのよりもーっと痛い目を見せてあげるから」

麻菜ちゃんが言う。

出しゃばる？

私がいつ出しゃばったの？

麻菜ちゃんの言葉に、今日１日を思い返す。

そのとき、ハッとした。

もしかして、数学Ⅱの問題を解いたこと？

きっとそうだ……。

それ以外に考えられない……。

だけど、私を指名したのは麻菜ちゃんなのに……。

すると、

「あと、このこと誰かに言ったらぶっ殺すからね!?　じゃあ、早く着替えて」

麻菜ちゃんはそう言って、私に制服を投げ渡してきた。

「あの、下着は……？」

私がそう聞けば、

「破れてんのに着るの？　ま、好きにすれば？　あんたなんかノーパンでいいよ」

と、麻菜ちゃんに返された。

６人が笑いながら屋上を出ていく。

酷い……。

私は怒りで体を震わせていた。

結局、私は破れた下着を丸めてカバンに入れると、制服だけ身につけて家まで走った。

「ふぅ……」
　自分の部屋に入ると、ベッドにダイブする。
　昼休み以降の授業をサボッちゃったな……。
　でも、とてもじゃないけど授業になんか出ていられない。
　下着も身につけていないし……。
「もう嫌だ」
　口から出るのは、その言葉。
　死にたい……と、思わないだけマシだった。
　何も言わずに授業をサボッたから、拓馬は心配してくれているかな？
　そんなことあるわけないか……。
　でも、私がいないことを不思議に思ったかな？
　とりあえず、シャワーを浴びよう。
　シャワーを浴びれば、私の中の汚れたところが洗われる気がして気持ちがすっきりする。
　どうせなら、さっきのおぞましい出来事も洗い流せたらいいのに……。
　そう思いながら熱いシャワーを浴びた私は、またベッドにダイブした。
　なんで……なんで私はこんなにも冷静でいられるの？
　今日、私はヤバいことをされたよね？
　抵抗もできないままヌードを撮られて……。
　結局、私は何がしたいのかな。

自分の身に起こったことなのに、私はなぜか他人事のように考えてしまう。

悔しかった。

だけど、それ以上に“恨みたかった”んだ。

でも、私には大事な“友達だった人”もあの中にいたし、いつか私のほうに戻ってきて、私とまた友達になってくれるかもしれない。

きっと私がその“友達だった人”たちを恨めないのは、“いつか”を信じているから。

信じちゃダメだとわかっているのに、いつも信じようとしてしまう私は、おかしいのかな？

『友達だよ』

そう言われたら、信じてしまうんだ。

どうせ嘘なのはわかっているけど、それでも信じてみたかったんだ。

私はバカだから。

チュン、チュン……。

「ん……もう朝？」

私、いつの間に寝ていたんだろ。

学校に行かなきゃいけない。

そう思うけど、体が重い。

もう、どうにでもなれだ。

でも、私の写真はどうしたんだろう？

本当に雑誌社に送られてしまったんだろうか……。

送られたあとのデータはどうするんだろう？

消してくれるなら泣くほどうれしいけど、麻菜ちゃんに限ってそんなことはしないだろう。

あの写真で、私をイジメ続けるに違いない。

イジメって怖いと、私は改めて思った。

冷静だね、って言われるかもしれない。

だけど、そう思わないと、気が狂いそうになる。

私がそんなことをされていたって知ったら、お母さんはどう思うのかな？

学校に連絡を入れてくれるのかな？

雅は、どう思うのかな？

イジメられている姉なんて、と軽蔑するかな？

学校に行けば、拓馬がいる。

だから私は、とりあえず“頑張って耐えたい”。

そうすれば、何かいいことが起きそうな気がするから。

不器用だけど、ちょっとずつ現状を変えていきたいと思っている。

拓馬は私の友達になってくれた。

今は、ひとりでも友達がいればそれでいい。

それだけで、私の心は少し軽くなる。

制服に着替え、カバンを手に学校へと向かう。

「富山さんっ、ちょっと来て!!!」

教室につくと、ひとりの女子に話しかけられた。

声をかけてきたのは、私たちのクラスでいちばんのリーダー的存在の藤堂亜美（とうどうあみ）さん。

「……っ」

　嫌だよ。

　また、あんなことを……昨日みたいなことをされるのは。

　ただ、藤堂さんは麻菜ちゃんたちとは違う、と思った。

　だって、この人は私を酷い目で見ていないから。

　キレイな目で、まっすぐに私を見ている。

「早くっ！　来てほしいところがあるの」

　だから、私は考えるよりも先に足を動かしていた。

　ところが、とたんにバッと右手を引かれ、

「えっ、ちょっと！」

　私は思わず“騙された”と、思ってしまった。

　やっぱり私に嫌がらせをするんだ……。

　そう不安になっていると、

「大丈夫、安心して。悪いことはしないから。ただ、あなたにとても酷いことをした子たちに謝らせるからね。すべて私のせいなんだ。ごめんなさい」

　どういうこと？

　藤堂さん、あなたはいったい……何がしたいの？

　彼女の言葉の意味が理解できなかったけど、私は走った。

　彼女に遅れを取るまいと。

　しっかりとつながれた手は、どこか心地よくて、こんな気持ちになれるのは、拓馬だけだと思っていたのに。

　うれしくて。

　涙が出そうになる。

でも、藤堂さんを信じるのはまだ早い。

そう自分に言い聞かせながら走っていると、

「ついたよ」

藤堂さんがそう言って足を止めたので、私も足を止めてハッと顔を上げる。

連れてこられたのは、屋上の扉の前だった。

昨日のことが思い出されて、心臓が嫌な音を立てる。

さらに、吐き気が襲ってきた。

だけど、屋上は拓馬と出会ったところでもある。

私はそう思うことで、嫌な思い出にフタをした。

少し震える足は見なかったことにしよう。

すると、藤堂さんが私を見つめながらゆっくりと口を開いた。

「ねぇ、富山さん。富山さんは、私のことが苦手？」

いきなりだった。

彼女にそんなことを聞かれるなんて……。

「……っ。わかっ、らない……」

でも、今の私にはそれしか言えなくて、ほかに言う言葉なんてなかった。

だって、私は彼女のことをよく知らないから。

こうして話すのだって初めてだ。

藤堂さんは、どうしてそんなことを聞くの？

これから私に、何をするつもりなの？

藤堂さんはドアノブに手をかけると、ゆっくりとドアを開いた。

「あ～！　遅いってば～。亜美、待ちくたびれたよぉ」
　藤堂さんに話しかけたのは、麻菜ちゃんだった……。
「麻菜っ！　あんた、人としてサイテーなことをしたんだよ!?」
　急に優しそうな雰囲気を変えて、厳しい口調でまくし立てる藤堂さん。
　さらには顔をゆがませて、麻菜ちゃんを思いきり睨んでいる。
「え……、亜美どうしたの～～～？」
　そんな藤堂さんに、麻菜ちゃんが不思議そうに尋ねる。
「そんなの、わかってるでしょ!?　富山さん、すっごく辛い思いをしたんだよ？」
　藤堂さんが私の肩に手を添えて、守るようにしながら私を指した。
「ああ、昨日のことね。でもさ、亜美ちゃんはさ、そのほうがよかったんじゃないの？」
　突然ラナちゃんの声が聞こえた、と思ったら、私と藤堂さんのすぐうしろに立っていた。
　状況がさっぱり理解できない私。
「よかった??　そんなわけないじゃない。酷いよ、みんなして。私はず～っと我慢してた。ヌードとかを本人の許可なく勝手に撮って。そういうのはいけないことなんだよ。とにかく富山さんに謝って!!　写真も消してあげてよ」
　そう言った藤堂さんの横顔は、どこか悲しそうで。
　だからか私は、藤堂さんのことを信じられる気がした。

「亜美……。あたしらのことをわかってくれてんのは亜美だけだと思っていたのに、裏切るんだぁ。まあ、いいけど」

麻菜ちゃんはそう言いながら藤堂さんを睨むと、私にスマホを渡してきた。

そして、

「ごめんなさーい」

私に謝った。

心なんて、まったくこもっていない口調で。

それが証拠に、

「まだどこにも送ってないから、消すならさっさと消せよなっ!!」

先程とは打って変わったような強い口調。

私が麻菜ちゃんの豹変(ひょうへん)ぶりに驚いて目を見開いていると、

「大丈夫？　ごめんね、本当に。全部私のせいなんだ……」

そう声をかけてきた藤堂さん。

だけど、彼女の顔は苦痛にゆがんでいた。

どういうこと？　なんで藤堂さんが謝るの？

藤堂さんは、悪いことなんてしていないじゃん。

それどころか、こうやって私のことを守ってくれている。

私はそんなことを思いながらも、麻菜ちゃんのスマホから昨日の写真を削除していく。

どこにも送っていない、と聞いて安心したのも束の間、撮影された自分の姿を見ていたら、私は目が潤んでいくのを感じた。

何もできなかった自分が悔しかった。

そして、すべての写真を削除し終えた私が麻菜ちゃんにスマホを返そうとすると、麻菜ちゃんは奪うようにスマホを手に取った。
「亜美、用件はこれだけ？　じゃあ、もう行っていいよね」
麻菜ちゃんはそれだけ言うと、ラナちゃんと私を睨みながら屋上を出ていった。

屋上の扉が閉まる音が聞こえると、藤堂さんが再び私に頭を下げてきた。
「富山さん、本当にごめんね」
だけど、私には藤堂さんに謝られる理由がまだわかっていなかった。
それを聞かなきゃ……と思いつつも、
「藤堂さん、私のほうこそごめんね。麻菜ちゃんとラナちゃんと雰囲気が悪くなっちゃったよね……」
私はなぜか謝っていた。
それは、私のせいで麻菜ちゃんやラナちゃんとの関係が悪くなってしまったと思ったから。
「亜美でいいよ。あのね、これは私から『ついてきて』って言ったんだから、どう考えても自業自得なんだよ？　だけど、ありがとう。富山さんって優しいね」
「え……」
藤堂さん……亜美が私にそう言った。
その意外なひとことに言葉を失った私は、いちばん聞かなければいけないことを聞き忘れてしまった。

すると、亜美が話を続けた。

「私が写真のことを知ったのは、麻菜が写真を私に見せてきたから。昨日の夕方だったんだけど、そのときは驚きすぎて声も出なかった」

「そうだったんだ……」

それで、わざわざ削除できるような状況を作ってくれたんだね。

だけど、なぜだろう……。

亜美に違和感を覚えるのは……。

だけど、そんなのはすぐにどうでもよくなった。

「富山さん、よかったら私と友達になって」

少し恥ずかしそうに言う亜美の言葉が、あまりにもうれしすぎて。

だから私は深く考えもせず、ただうれしさと至福にのまれて彼女にこう言った。

「私でよければ……こちらこそよろしくお願いします」

その言葉に、亜美は優しくほほえんだので、私もつられて笑い返した。

それが、悪魔のほほえみだとも知らずに……。

それから、私たちふたりは教室に戻った。

楽しく、おしゃべりをしながら。

これがずっと続けばいい。

うれしくて、うれしくて……。

ただ、ずっとこうしていたかった。

「あ……。もう教室だ……」

私は少し名残惜しそうに言う。

楽しかったおしゃべりも、もう終わり。

やっぱりこんなこと、一瞬のことでしかないんだよ。

「なーに言ってるの。教室でも、たくさんおしゃべりしようよ。私、富山さんが好きになっちゃったもん」

そんな亜美の言葉に、一瞬、舞い上がりそうになる。

だけど、ダメだよ。

私は、なんとか冷静さを装う。

「教室では、やめよ？　私たちが話していたら、亜美までイジメられちゃう。そんなの私、耐えられないよ」

「そう……ならわかった。またあとでね」

彼女はそう呟いて、先に教室へと入っていった。

無意識に出た『またあとでね』なんだろうけど、私はうれしくなる。

だって、またあとで“会おう”って言ってくれているように思えて。

本当にありがとう。

亜美への気持ちが、膨れ上がってくる。

今日、初めて言葉を交わしたのに、なんだかもう一気に“親友”にでもなっちゃった気分。

私は、どうしていつもこう単純なんだろう。

勝手な期待は、自分を潰すとも知らずに……。

何も知らない私は、亜美のあとに続いて教室に入った。

## 救いの魔の手【拓馬side】

ひとりの女が教室に入ってくる。

はぁ、こいつも違う。

たしか、藤堂って言ったよな。

でも、俺が探しているのは優夏っていう女なんだ……。

昨日、俺が学校に来ると、すでに優夏はいた。

なのに……。

4時間目が終わった瞬間、優夏は6人の女に連れていかれた。

チラッと目が合うと少し怯えていたようだけど、優夏なら大丈夫だろう。

……そう思っていた。

それが大間違いだったことに気づけなかった俺は、なんてバカだったんだろう、と、のちのち自分を責めることになる。

あの6人に連れていかれたら、誰だって絶対に何かされるはずなのに。

優夏が何かされたとわかったのは、5時間目がはじまって、6人の女子が帰ってきてからだった。

清々しい顔をしている奴もいたし、少し暗めの顔をしている奴もいた。

そして何より気になったのが、そのうちのふたりの女子が悲しそうな顔をして何かに怯えている姿だった。

何を隠している？

こいつらは、優夏に何かしたのか？

優夏はまだ帰ってこないのか？

結局この日、優夏が教室に戻ってくることはなかった。

よく考えたら、優夏がなんでイジメを受けるようになったのかわからない。

優夏は男の俺が言うのもなんだけど、かわいいし美人だ。

俺が長い間、休んでしまうまでは男からの評判もよく、優夏を狙っている奴もいたはず。

そんな優夏が、なぜ……？

イジメられる要素もない優夏が、こんなにも辛い思いをしないといけないんだ？

そして今、藤堂のあとから優夏が教室に入ってきた。

ホッと安心する俺がいる。

よかった。学校に来てくれて。

今日はもう、来ないんじゃないかと思っていたから。

「優夏、おはよ」

そうやって言えば、

「あ……。おは、よう……」

小さな声ながらも、彼女はちゃんと返してくれる。

きっと、この教室で話すことは、彼女にとって辛いのだろう。

だけど、ありがとう。

きちんと返してくれて。

だから俺は、ニッコリとほほえむ。

こんなにもうれしいから。

この瞬間は、一度しかないから。

俺が生きているこの瞬間……。

生きられることを当然だと思っている奴らが、こんなにもうらやましい。

なのに、なんで生きることをやめたくなるんだ。

優夏が自殺を図ったとき、とっさに思った。

彼女を助けなくては、と。

でも、根本はもっと違う。

生きられるのがうらやましいから。

命を無駄にしてほしくないから。

一度しか味わえないこの瞬間も、大切にしてほしいから。

みんなは、まだ生きられる。

でも俺は、みんなと違う。

この違いは大きい。

だから、命の話になると、人一倍、一生懸命になる。

『人は生きなきゃいけないんだ』

小さいころから聞かされているその言葉は、今では俺の胸の内を苦しめる。

じゃあ、生きられない人は？

どうあがいても、運命という名の檻(おり)から抜け出せない俺はどうすればいいんだよ。

ひとりじゃわからなくて。

悩んでも答えなど見つからなくて。

『命は大切にしなさい』

その言葉さえも重く感じた。

どんな言葉も“未来”がなくては、その言葉本来の意味を持たない。

俺にはそんな言葉、意味を持たない。

関係ないことは、ない。

俺にだって、関係あるかもしれない。

残りの日々をどうやって過ごすか、とか。

でも、今はまだ、俺の未来は見えないから……。

どんなに探したって、未来なんて見つからないから……。

俺の昔の口癖は、『なんで俺なんかを産んだんだよ！』だった。

この世に存在していることには変わりないのに、それさえも恨む俺。

最悪なことに、その言葉をよく母さんに言っていた。

すると、母さんは決まって、

『ごめんね。ごめんね……』

と、繰り返し謝り続けた。

泣きながら言う謝罪の言葉は、俺にとって相当こたえた。

何度も母親を傷つけた挙句、母さんは子どもを産もうとしなくなった。

だから、俺に弟や妹はいない。

本当の理由は聞いていないけど、それは母さんが産むのを拒んでいたからだったと思う。

それは父さんも同じで、俺ひとりのために、これ以上、子どもは欲しくない、と思ってしまったんだ。

俺の病気がわかったとき、母さんは泣いた。

父さんも泣いた。

ふたりして、泣いて泣いて泣いた。

泣きじゃくって、これまでか、ってくらい泣いた。

涙が枯れるほど泣いていた。

それは、６年前のことだった。

そのときまで普通に息をして、母さんたちが大好きで、“生きられる”ことが当たり前だった俺。

だけど、その６年前の小５のとき、“生きる”ということを諦めさせられた。

それはあの日、俺が突然あんなことになったから……。

『今日は疲れたな』

誰もが思うような夏空。

休み時間、教室にまで暑さが伝わる。

——ミーンミーン。

セミがせわしなく鳴いている。

『たくまー！』

遠くから俺を呼ぶ声がしたと思ったら、俺の大親友の佐伯祐矢だった。

『なんだよ』

とりあえず一言言って、祐矢のもとに近づいた。

あ〜、暑いなぁ……。

そう思っていたため、うまく思考がまわらなかった。

『おいっ、拓馬！　おまっ……、ちょっ、しっかりしろよ!!!』

何を言っているんだ、こいつは……。

そう思えたのも一瞬で、だんだんと……いや、だんだんとじゃない。

すぐに意識が薄らいでいった。

気づいたときには布団の中で。

ツーンと香る消毒液の匂い。

ここはどこだろう、と思い、あたりを見まわした。

真っ白なこの空間に、ああ、ここは病院なんだ……という考えが浮かんだ。

でもなんでこんなところにいるのか、実際のところわからない。

『たっ、拓馬っ!?』

そう言って病室に入ってきたのは、俺の母さんだった。

急に来たからびっくりした。

ことの重大さに気づけていなかった俺は、なんともないような表情で母さんを見つめた。

『たく、ま……。あなたが生きていてくれて、本当によかったわ』

どういうこと？

俺は、生死のはざまを乗り越えたりしたわけじゃない。

なのに。

こんなことを言うってことは、きっと何かある。

そう確信めいていたけど、このとき母さんは何も言ってくれなかった。

　それは、あとから来た父さんも同じで、俺はどうしていいかわからなかった。

　だけど。

　なぜか自分は知っておかないといけない、そう思った。

　数日後、俺は担当の医師に尋ねた。

『ねぇ、俺ってびょーきなの？』

　そうやって聞くと、俺の両親は涙した。

『今、聞かなくていいんだぞ』

　と、父さんは何度も引き止めた。

　でも、俺は自分のことが知りたかったから、医師にまっすぐな視線を向けた。

　すると、医師はひとつ大きく息を吐いて、

『覚悟はいいですか？』

　と言った。

　なんの覚悟だよっ！

　と思いつつも、俺はゴクリと唾をのんで大きく頷いた。

『キミは、心臓の病気だよ』

　とうとう言われた。

　でも、まだ“死ぬ”と決まったわけじゃないんだよね？

　そう思っていると、

『今回、倒れたように、この先も突然のめまいや痙攣、喘息……。そんなことがあると考えておいてほしい。この病気を治す薬は、まだ日本にはない。手術もできないんだ。だから、今を精いっぱい生きて……』

『……っ』

うなずくだけで声が出なかった。

まだ幼かった俺に、医師は言葉を選びながら話してくれたんだと思う。

『死ぬ』とか『寿命』とか、そういう話はまったくしなかったから。

だけどその２年後、中学生になった俺は、思いきって再び尋ねてみた。

『俺は、あと何年、生きられるのでしょうか？』

すると、医師はもう誤魔化せない……と思ったのか、ポツポツと話し出した。

『……もしかしたら、あと20年は生きられるかもしれない。だけど、その確率以上に、10年以内に亡くなる可能性のほうが高いんだ』

この言葉を聞いた瞬間、俺の頭の中は真っ白になった。

どうして俺が……。

どうして俺は、こんなろくでもない病気にかかってしまったんだ。

幾度となくそう思った。

俺はあのときまで、普通に生きて、幸せな家庭を築いて、最期のときを迎える、そうだと信じて疑わなかった。

『拓馬……っ。ごめんなさい、ごめんなさい……』

母さんは何度も謝った。

それが何に対しての謝罪なのかもわからない。

母さんはどんな気持ちで、どんな思いで、俺に謝っていたのだろう。

人の気持ちは、その人にしかわからない。

だから、どうあがいても母さんの気持ちを知ることはできなかったんだ。

どんなに自分が幸せになることを望んだか。

いつしか“幸せ”ということさえもわからなくなって。

“精いっぱい生きろ”という言葉さえもが、他人事のように思えてならなかった。

俺はどうせ死ぬんだ。

死ぬのは、もうすぐかもしれないし、まだまだあとかもしれない。

こんな不安定な未来を、どう信じていけばいいのだろう。

“生きる”とはどういうことなのか。

その答えを探し続けて、今の俺がある。

それは変わらない事実で、変えることのできない事実でもある。

だけど、どこかで“生きる”ことを諦めている俺がいる。

だからかな。

彼女に声をかけたのは。

自分だってまだ答えが見つかっていないのに、『生きろ』だなんて出しゃばってしまった。

だけど、後悔はしていない。

それで彼女は生きているんだから……。

## 感謝

「はぁ……」
　自然と出てきたため息に、私はもう慣れていた。
　ため息ばかりついていたら、幸せが逃げるという。
　……イジメられている時点で、幸せじゃないか……。
　時間は進み、いつしか昼休みとなっていた。
　私は自分で作ったお弁当を持って、屋上に行く。
　私の死に場となるはずだった屋上も、今ではなんだか心地よくて。
　昨日だって、あんなことがあったのが信じられないくらいだった。
　今日の外は、さわやかな風が吹いている。
　――ギィィィィ。
　ふいに、屋上の扉が開く。
　すると、思ってもみなかった人が来た。
「あ、亜美!?」
　驚いて声を上げる私に、ニッコリとほほえんできた。
　亜美は、昼休みにいつもここに来るのだろうか。
「亜美って、いっつもお昼はここなの？」
　思いきって聞いた私に、亜美は「うーん」とうなり、
「今日が初めてではないんだけど、ここに私がいないと、あの子たち……。あなたに迷惑をかけるでしょう？」
　ねぇ、亜美。

それって遠まわしに私を守ってくれているってこと？

こんなうれしいことは、ほかにない。

私の胸は張り裂けそうなほどいっぱいになった。

「ちょっ、富山さん、泣かないでよ？」

冗談めかして私をからかうような口調で優しく言ってきた彼女に、私は「泣かないしっ」と言った。

泣かない。

私は泣かないよ。

だって、強くなるって決めたから。

「亜美、ありがとう」

私が小さく呟いたその言葉が、彼女に聞こえたかはわからない。

けれど、亜美は優しく笑ってくれた。

……気がした。

お弁当を広げて、私は食べる準備をする。

今日もそんなに食べられないだろうけど、今日は何か違う気もするんだ。

食べられるかも。

そう思えた。

「えっ、富山さんってそれだけしか食べないの？」

「うん」

亜美が心配してくれた。

大丈夫なんだけどなぁ……。

いつもこれより少ないし。

それなのに残すこともよくあった。

少しは進歩、するかな？

私のお弁当はいたって簡単。

ハムと卵を挟んだサンドイッチを２つ。

それだけあれば、私には十分。

ひとつでもいいくらい。

「いただきます」

私は手を合わせて言うと、サンドイッチを口に運んでいく。

ひと口かじるたびに、

――ドキドキ。

食べられるか不安で、心臓の鼓動が速くなる。

――ゴクン。

あ……飲み込めた。

ふたくち、３口と、どんどん食べ進めていく。

それでも一向に吐き気はしなくて、ホッと息を吐く。

よかった。

これは、やっぱり亜美がいてくれるからだろう。

亜美が隣で、私と一緒に食事をしてくれているからだ。

ひとりより、誰かと一緒のほうが何倍も何十倍も食事がおいしくなる気がする。

ありがとう、亜美。

一緒にお昼休みを過ごしてくれて……。

それから私たちは、のんびりと屋上で過ごしていた。

# 告白

　この日の放課後……。
「あのさ、優夏」
「ん、どうしたの？」
　ボーッとしていたら、拓馬が急に話しかけてきた。
　ちょっと顔が真剣で、私も真面目な顔をして向き合う。
「今日、このあと……」
「うん？」
　じれったいなと思いつつ、私は辛抱強く彼が話すまで待った。
　すると、やっと口を開いた拓馬は、
「前に行ったハンバーガーショップに、行かない？」
　私が想像もしなかったことを口にした。
「えっ、えっ？　私と……でいいの？」
「優夏だからいーんじゃん！　で、いいの？　ダメなの？」
　優しい口調で言う拓馬。
　そんなふうに誘われたら、行くしかなくなっちゃうよ。
「うん、じゃあ、一緒に行きたい、な」
　にっこり笑い合って、私たちは屋上をあとにした。
　春の暖かさはとっくになくなっていて、5月もそろそろ終わりを迎えようとしている。
　拓馬とはこの間会ったばかりなのに、ずいぶん長い時間を共有してきたように思える。

「お腹すいてる？」

ハンバーガーショップに入る直前、拓馬が私に尋ねる。

「うんん、私、食欲があんまりなくって……」

「……それって、あいつらのせい？」

拓馬の言葉に、食欲がないと言ってしまった自分に後悔した。

「や、別に、そんなこと……」

「やっぱり。今日ここに連れてきて正解だった。いつもいつも、優夏の昼ご飯は少なかったし」

「それは……」

拓馬、見ていたんだ……。

だけど、見るに決まっているよね。

だって自殺未遂の次の日から、私たちはたまにお昼を一緒に食べるようになったんだ。

そんなことを考えながら言葉に詰まる私に、拓馬はさらに追い打ちをかける。

「でも、それだけじゃないよね？　優夏、食べていたときになんて言っていたっけ？」

「え、私、なんか言ったっけ？」

まったく覚えていないんだけど……。

「俺が『そんだけしか食べないの？』って聞いたら、優夏言ったよね。たしか……『結構前から、これくらいで足りるようになった』ってさ」

「っ、なんでそんなことを覚えているの!?」

言われるまで忘れていた言葉だった。

けど、うん、なんとなく思い出してしまった。

「ほっ、ほら、とりあえず中に入ろうよ。中に入ってからのほうがゆっくり話ができし、ここにいると、ほかのお客さんの邪魔になるし、ね？」

そう言って店内に促す拓馬が、私には一瞬だけ悪魔に見えた。

そんな話、したくないよ。

そんな話をするために、拓馬と一緒にここに来たわけじゃないよ。

だけど、私のそんな願いは虚しく……。

「で、率直に聞くけど、何が原因？」

席についた瞬間、拓馬が口を開く。

「……」

そうだよ。

「その話はしたくない」って言えばいいんだ。

そう思って拓馬の顔をおずおずと見た瞬間、私の中で何かが変わり……。

どこか真剣な面持ちの彼に、私は誰にも話したことがない家族の話をしようと決意した。

「言いにくいことなら、無理しなくていいからな」

優しく言う拓馬に、涙がこぼれそうになる。

ああ、弱いな自分。

涙だけは流したくないっていう意地が、涙腺の決壊に歯止めをかけてくれている。

ぶんぶんと首を振り、私はうつむいてポツリポツリと話していく。

「イジメだけじゃなくて、うち……お父さんとお母さん、離婚してて。その原因が私でっ……」

そこまで言ったとき、テーブル越しに拓馬が立ち上がるのがわかった。

やっぱり、言うんじゃなかった。

こんな重い話、困らせちゃうだけなのに。

どんどんどんどん、私の内側に溜まっていたものを吐き出していく。

「そのせいで妹にも毛嫌いされる始末でっ、それでっ……」

いっぱいいっぱい拓馬に話していたとき、優しい声が落ちてきた。

「優夏、落ちついて」

次の瞬間、私の背中に、そっと温かさが伝わる。

「たく、ま……？」

「優夏、大丈夫だから。俺、カッコいいことを言ってあげることはできないけどさ、それでも、今は俺がそばにいるだろ？　それに、涙こらえてんのバレバレ。泣きたいときには素直に涙を流していいと思うよ。なんのためにここに来たと思ってんの」

ああ、もう、なんでこの人はこんなに……。

「ふっ、うぅ、っ」

こらえていたものも、拓馬の前だとどうしてもこらえられなくなってしまう。

声を押し殺しながら涙を流していると、背中にあった拓馬の手が急に離れていった。

「……っ」

そばにいるって言ってくれたの、嘘じゃん。

そう思いながら止まらないしゃくりを繰り返していると、ふわっと、拓馬の匂いに包まれた。

……私、今、抱きしめられて……いる？

「思いっきり泣けばいい。こうしていれば、声もまわりには届きにくいだろ？　そのかわり……」

くぐもった声が私の耳に届いて。

「明日には笑顔を向けてほしいな」

耳元にうっすらとかかる息に気を取られながらも、その言葉が私の中にクリアに響いた。

その瞬間、私は声を上げて泣きはじめた。

痛いくらい、ギュウッと私を抱きしめてくれる拓馬。

だから、私の声はくぐもったままで、まわりの人に迷惑になるほどではない……はず。

でも今は、そんなこと気にしていられない。

だって、はじめて自分の気持ちを吐き出したから。

家族のことを、誰かに話したのは拓馬が初めてだった。

そのことが素直にうれしくて、途中からは悲しい涙じゃなくて、うれしい涙がどんどん溢れてきた。

この一時だけかもしれないけど、家のことを忘れさせてくれるような温かい拓馬。

拓馬がいてくれる……。

誰かが支えてくれている、という幸せをかみしめる。

「ふぇっ、たくまぁ〜」
もっと拓馬の温かさを感じたくて、縮こまっていた腕を拓馬の腰にまわす。
一瞬だけビクッとした拓馬だったけど、すぐに私の頭を優しく撫でてくれたんだ……。

「落ちついた？」
私のしゃくり上げる声が聞こえなくなったころ、拓馬が腕を緩めてそう聞いてきた。
「う、うん、あの、その……」
今の私たちの体勢が急に恥ずかしくなってきた私は、しどろもどろになりながら、なんとか体を離す。
「えっと、うん、そう、ありがと、ね」
もうっ、恥ずかしすぎてヤバい。
拓馬は、なんとも思っていないのかな。
いや、ちょっと耳のあたりが赤いから、私と同じように恥ずかしくなったんだと思う。
「や、別に、これくらいなら、その、いつでも、大丈夫っていうか、朝飯前、っていうか？」
……拓馬も、私と同じくらい動揺していた。
さっきまでの少し重い空気も一気に消えたから、これはこれでよかったのかな？
「そ、そっか。……あっ」
「えっ、何!?」
私が声を上げたせいか、拓馬の焦る声が聞こえる。

「拓馬のシャツ、めちゃくちゃ濡らしちゃった……」
　拓馬はゆっくりと自分が着ていたシャツを見ると、ぷはっと笑い出す。
「なんだよ、そんなことか～。なんかやらかしたかと思って、めちゃくちゃ焦ったんだけど」
　あははっ、と笑う拓馬だけど、結構大事なことじゃない？
　みっともないでしょ……。
「でも……」
「これくらいのことで、心配なんていらないよ」
　そういうものなのかなぁ。
　一応ポケットからハンカチを取り出して、拓馬の濡れたシャツを拭いていく。
「えっ、ちょっ、そんなことまでしなくていいよ」
　なぜかすごく焦っている拓馬。
「いや、これくらいしとかないと……」
「うー、気持ちはありがたいけどさっ、ちょっと……や、結構恥ずかしいからっ」
　きょろきょろとまわりを見渡す拓馬に、私もつられてまわりを見る。
「あのカップル、仲がいいね」
「初々しいな」
「男の子のほうは顔が真っ赤じゃない」
　……拓馬の言っていた意味がわかって、私の顔も赤くなっていく。
　まわりの人たちは、私たちに注目していたようだった。

私たち、カップルって思われているのかな。

そう考えると、さっきよりももっと顔に熱が集まる。

拓馬も私と同じように、顔を赤くしている。

「それよりさっ、なんか飲み物とか頼まない？　何か食べられそうなら、少しでもいいから口に入れたほうがいいと思うけどさ」

「うっ、うん、そうだよね。まだ食欲はあれだから……前に飲んだジュース、もう１回飲みたい、な」

話題を変えて、気まずい雰囲気を取り払う。

そうそう、前に飲んだあのジュース、すごくおいしかったんだよね。

いつもはそこまで思わないのに、拓馬と飲んだジュースの味は忘れられなかった。

よくあるチェーン店なのに、なんでだろ。

「よしっ、じゃあ、俺も同じのにしよっかな。優夏と同じのがいーし」

その言葉に、収まっていた熱が一気に押し寄せてきた。

私と同じのがいいって、拓馬は無意識で言っているんだろうけど……すごく照れちゃうポイントだよね？

私の反応で拓馬も自分が言った言葉を思い返したのか、照れているようだった。

「べ、別にっ、深い意味はないからな！　そうだ、今日はおごるよ」

「えっ、そんな、前だっておごってもらったのに……。大丈夫だよ」

本当、拓馬にばかり悪い。

迷惑かけすぎて嫌われたら……すごく嫌だし。

「勝手に俺が付き合わせて、挙句の果てには泣かせちゃったし、今日はおごらせて？」

手を合わせてほほえむ拓馬に、私はうなずいていた。

「じゃあ、お言葉に甘えて。お願いします」

「ん」

泣いたのは、拓馬のせいなんかじゃないけどね。

でも、優しさに甘えてみようと思ったんだ。

「拓馬……、今日はホントにありがとう。私、食べないことを注意されたの拓馬が初めてで、すっごくうれしかったんだぁ」

「……っ、優夏のお母さんは、注意もしないのか？」

その言葉に、私の体は凍りつく。

だって、しょうがないんだもん。

お母さんに酷いことをしちゃったのは私なんだから。

「しょうがない、よ」

小さく呟く私の声が、拓馬に聞こえたかどうかはわからない。

だけど、拓馬は顔をしかめたから、きっと聞こえていたんだと思う。

「そ、っか……。でも、辛くなったら俺に言ってくれよ？」

「っ、うん、うんっ。絶対に拓馬に言う。しかも最初に言うからね、覚悟しといてよ」

泣き笑いのようなバカな顔で、私は拓馬を見つめる。

　うれしかった。
　こんなに私を思ってくれているなんて。
　私は、この拓馬の優しさが大好き。
「ふっ、ヘンな顔。わかったから、早く泣きやめよ」
　ほら、こうやって私に無条件な優しさをくれる。
　大切にしたい。
「そういえば、優夏と初めてここに来たときも、優夏は泣いていたっけな」
　うっわー、思い出したら、たしかにそうだった気がする。
　最悪だな。
　言ってみれば、拓馬に泣き顔しか見せていないことになる。
「次ここに来るときはさ、泣かずに来ような」
「……っ」
　それって、それって、次もあるってことだよね？
　期待して、いいんだよね？
　また拓馬とここに来れるのかぁ、うれしすぎるな。
　ふと、私の顔を見た拓馬に、
「すっげぇうれしそうでよかった。顔が緩みまくりだけど？」
　なんて言われたほどだった。
　どれだけ緩々だったの、私の顔……。
「うっさい。拓馬だってうれしいくせに」
　仕返しのように拓馬にも言ってやる。
「当たり前だろ。うれしいに決まってんじゃん、優夏とまた来られるなんて」
　そうだった……。

こういう素直な人だったよね、拓馬は。

にやりと口角を上げる拓馬に、私は呆れの視線を送る。

でも、今日この話をして、心が軽くなった気がする。

だからやっぱり、拓馬には感謝している。

「ありがとう」

その言葉に、拓馬がフッと笑った気がした。

3章

# 体育祭

# もうすぐ体育祭

あなたのこと、私は全然わかっていなかった。
ごめんなさい。
カッとなってしまって。
初めての、ケンカだったね。
信じることは、大切なんだね……。

数日後、昼休みを終えた私と亜美は、教室に戻った。
まず、亜美が教室に入る。
そのあと、3分くらいして私が入る。
そのとき、拓馬にどこに行っていたのか聞かれたけど、私は答えられなかった。
亜美を取り巻く彼女たち……麻菜ちゃんたちが、私のほうを見ていたから。
知ってか知らずか、
「ねぇ、亜美。さっきどこ行っていたの～？　ずっと探していたんだから」
麻菜ちゃんが言った。
「屋上にいたよ」
亜美の言葉に、ふ～ん、と麻菜ちゃんが頷くと、
「誰かといたの？」
と、ラナちゃんが聞いた。

亜美ちゃんは一瞬、私のほうを見て、
「富山さんといたよ」
とだけ言った。
……っ！
なんで言っちゃうの!?
私とのことを言っちゃったら、きっと亜美もイジメられるのに……!!
「はぁ!?　亜美、なんであんな奴と一緒にいたのよっ!?　本当の親友は、あたしらでしょ!?」
麻菜ちゃんが私を横目で睨みながら、大きな声で叫んだ。
その目は怖かった。
やっぱり私は、みんなの仲を引き裂いてしまうんだ……。
そうとしか思えなくて、やっぱり私って邪魔者なんだな、と改めて感じた。
「あのね、違うの。みんなが思っているより、富山さんはとってもいい人なの」
ポツリと言った亜美の言葉に、私は目を見開く。
どうして亜美はそんなことが言えるのか、まったくわからなかった。
「亜美、目一覚ましてよっ!!　なんであいつなの？　そりゃあ、亜美はあいつの悪口を言っていなかったけど！　でも、あたしにはわからないよ！　亜美は、あたしらとじゃなくて、あいつと仲よくしていたいわけ!?　あたしらのことが嫌なわけっ!?」
泣きそうになりながら叫んでいた麻菜ちゃんは、とても悲しそうだった。

ほらね？

やっぱり私はみんなの邪魔しかできないんだ。

いらない子……なんだ。

邪魔で邪魔で。

そこまでして、亜美と仲よくなりたいわけじゃない。

亜美には、いちばんの友達を大切にしてほしいのに。

そう思っていると、亜美がまた思ってもみなかったことを言った。

「そんなわけ……ないじゃん。だって私は、“みんな”と仲よくしたいだけだもん。それなのに……ねぇ、麻菜。どうして？　私たちは……」

「もういいよっ！　あんたなんか、友達でもなんでもない！　あんたなんか、大っ嫌い!!」

それまでまわりで黙って見ていたみんなが、ザワザワと騒ぎ出した。

あんなに仲がよかったのに、なんで亜美はそんなことを言うんだろう、とでも思ったんじゃないかな。

こんなことになるなんて、わからなかったよ。

私のせいなのはわかっている。

今、私は何をすべきなの？

「キャハハハ!!」

教室の外から聞こえてきたその声に、みんなはまた話し出す。

話すタイミングを、声を出すタイミングを失っていたから、その声は救いの声だった。
「みんな、これからは富山だけじゃない。そう、これからは、藤堂亜美も!!　敵よ……」
　ハッとした。
　なんで亜美まで。
　私と同じ運命に？
「やめてっ！　みんな、私だけでいいじゃない！　イジメるなら、私だけで!!!」
　私が大きな声でしゃべったからか、みんなが私を見た。
　麻菜ちゃんは私を憎々しげに見て、ほかのみんなは驚いてこちらを見ていた。
　そう。
　イジメられるのは私だけでいい。
　これ以上、彼女に辛い思いをさせたくない。
「フッ……。あんたバカじゃないの？　あんたのせいで、亜美はイジメられるのよ？」
　そう言い放った麻菜ちゃんは、とても冷たく残酷な目をしていた。
「何その正義感！　笑っちゃうんだけど」
　最後に冷たく、ラナちゃんが私に言う。
　あぁ、そうか。
　これは私のせいなんだ。
　そうさっきからわかっていたくせに、いざ言われると、何もできないなんて……。
　すくみ上がってしまうなんて……。

でも、ここで折れるわけにはいかない。

私は、まだ生きなきゃいけない。

ううん、生きたいんだ。

拓馬もいる。

私には、心の支えとなってくれる人がいるんだから、頑張らなくちゃ。

今、私にできること。

それは、亜美へのイジメをやめさせること。

亜美を、守ること。

ところが、タイミングがいいのか悪いのか、昼休みの終わりを告げるチャイムが鳴った。

そして、私たちは席についた。

誰に何を言われようと構わない。

私は私でいたい。

亜美を守ってあげたい。

私のせいだから……。

それに……友達なんだから。

私はよくボーッとするたちなのか、いつの間にかＬＨＲの時間になっていた。

「……で、今年も頑張りましょう」

ん？

中里先生、『頑張りましょう』って、何を頑張るんでしょうか？

話を聞いていなかった私は、戸惑っていた。

「各自、出場種目を決めたいと思いますが、決め方で意見はありませんか？」

やっと分かった。

たぶん体育祭のことだ。

もうすぐ体育祭なんだ。

早いなぁ……。

「意見がないので、こちらで決めますね」

中里先生はそう言うと、“いいですね？”というようにまわりを見まわした。

みんなが何も反応しなかったから肯定だと受け取ったのか、話を次に進めていく中里先生。

結局、先生は手際よく話を終わらせ、みんなの体育祭の種目を振り分けていった。

「各自、自分が出る種目だけでも覚えていてください。じゃあ、今日はこれで終わります」

そう先生が言ったので、私たちは適当に返事をする。

えーと、私の出る種目は……。

コスプレリレー。

……って、コスプレリレーって何!?

たしか、昨年もあった種目だ。

コスプレをしてとにかく走るっていう、単純すぎる種目なんだけど、昨年は露出が多い服の人がいた記憶。

コスプレ次第だけど、私にはできっこないよ。

嫌だなぁ。

しかも私なんかが出場したら、笑いのネタにされることになりそう。

それこそ、イジメの原因になりかねない。

そんなの嫌。

そうだ！

亜美は、なんの種目に出るのか。

藤堂、藤堂と……黒板を凝視する。

亜美はパン食い競争だった。

私もそんなラクな種目に出たかったな。

というか、もうすぐじゃん。体育祭って。

あと１ヵ月くらいしかないよ？

結局、私が出る種目は、

【１～３学年クラス対抗リレー】

【コスプレリレー】

この２種目だった。

１～３学年クラス対抗リレーは、１、２、３学年の全クラスの全員が出場するもの。

クラスのみんなに迷惑をかけないためにも、コケないようにしなきゃ。

もしコケたら、絶対に何か言われる。

私はいろいろ考えていて、拓馬に声をかけられていることに、一瞬、気づかなかった。

「なぁ、優夏。優夏はどれに出んの？　あいにく俺は不参加だけど」

へ？

「なんでやらないの？」

ついつい声に出してしまいそれを聞くと、
「こっちの事情ってもんがあんの」
と、軽くかわされた。
不参加……なんてことができるんだ……。
私は運動が得意じゃないから不参加にすればよかったな。
だけど、もう決まってしまったからには頑張らなくちゃいけない。

グラウンドに出た私たちは今、リレーの練習をしている。
「は〜い、休憩してー。水分補給はこまめにしなさいよー」
中里先生の声がして、私は屋上に向かった。
休憩時間は30分もある。
どんだけだよって感じだけど、その休憩時間は有効に使わないとね。
屋上の扉を開ければ、いつの間にか先客がいた。
拓馬だった。
ん？
なんで拓馬はこんなところにいたの？
体育祭に不参加なのはわかったけど、見学しながら応援してくれたっていいじゃない。
「ねぇ、なんで拓馬はこんなところにいるのよ。応援してくれたっていいじゃない」
私があからさまな不満をぶつけると、拓馬は困ったな、というように宙を仰いだ。
「あはは……。そうだよな……」

　そう言った拓馬は少し悲しそうだった。

「私なんか嫌々、参加しているんだよ。拓馬はいいよね、そうやって参加しなくてもいいから！」

　私が最後の声を荒げると、拓馬は私を睨んだ。

　なっ、何よ。

　別に私は本当のことを言っただけだし、睨まれるようなことを言った覚えはない。

「走れるくせにっ！　うまく呼吸ができるくせにっ！　なんでそんなわがまま言うんだ！　俺はっ、俺はもうっ！　走れないんだよ……」

「あ……」

　拓馬がこんなに怒る姿、初めて見た。

　言ってしまったことは、もうなかったことにはできない。

　それはわかっているのに。

　なんで？

　すべての時間が止まったように、声が出なかった私と一緒で風がやむ。

　あぁ、そっか。

　やっとわかったよ。

　私がもし拓馬の立場だったら、あれ以上に怒っていたと思う。

　だけど、私の口は止まらなくなってしまった。

「走れないとか、何を言ってんの？　嘘つかないでよ」

「……」

　違う、こんなことが言いたいんじゃない。

実際、私は拓馬の走る姿なんて見たことない。
「バッカみたい。私だって走ると息切れはするし、それこそ拓馬だけじゃないんだよ？　意味わからない！　拓馬ってなんなの!?」
意味がわからない？　それこそ嘘だ。
私は気づいていたのに。
拓馬が、なんらかの病気だってことを……。
なのに、私は最低だよ。
こんな酷いことしか言えなくて。
「もういいっ！　拓馬なんて知らない！　大っ嫌い!!」
最後に叫んで、私は屋上を出た。

ごめんね、拓馬。
大っ嫌いなんて嘘だよ。
気づいてよ。
ねぇ、お願い。
そんなに悲しそうな顔をしないでよ。
ごめんなさい。
私が悲しませたくせに、悲しまないでっておかしいよね。
たとえ拓馬が私を嫌いになったとしても、私は拓馬を嫌いになることはできない。
命を救ってくれた恩人に、私は酷いことをした。
時間を戻してよ。
神様。
酷いこと言っちゃった私は、どう償えばいい？

いつからだろう……。

私は拓馬が大好きだ。

私が嫌いになれるはずがない。

これは恋とかではないと思うけど、私は初めて拓馬の声を聞いたときから、拓馬が大好きだったんだ。

拓馬が私のことを嫌いだったとしても、揺るぎようのない思いが私にはある。

「ごめんなさい」

屋上を立ち去って、やっと言えたこの言葉。

初めて拓馬とケンカした。

私、最低だよ。

拓馬を怒らせるつもりはなかったし、怒鳴り返すつもりだってなかった。

初めての友達だったのに、こんな酷い言い方をして……。

逃げてきちゃった。

私は歯を食いしばった。

どうしても、どうしても悔しかったから。

こんな醜い私が、どうしても憎かったから。

唇から血が出て、濃い血の味がした。

食いしばっていた歯を緩めて、傷口をなめる。

こんな傷ならいくらでもすぐに治るよ。

けど。

拓馬は、拓馬の病気はこの程度では治らないと思う。

私はそんなに知識はないけど、走れないということは、結構な重い病気だ。

そんなことがわかっていて、私は酷いことを言った。
後悔だけが、私の頭を駆け巡る。
ああ、最悪。
こんなに後悔するんだったら、なんで私はあんなことを言ったんだろう。
「バカすぎて笑えちゃう……」
ぼそりと呟いてみた。
なんで声に出しちゃうんだろう。
誰かに聞いてほしいわけ？
きっと呟いたところで、誰も耳を傾けない。
「……」
悲しいのか辛いのか、涙が一筋こぼれた。
なんで!?
今、悲しいのは、辛いのは……拓馬のほうなのに、なんでこんなに涙が流れるの？
おかしいよ。
涙腺の緩みすぎなんだ、きっと。
校舎から離れた私は、空を見上げた。
――ポトリ。
そんな音がした。
ああ、雨が降っているんだ。
気づいたのは、全身がびしょ濡れになってからだった。

「はあ、はあ……。探したよ、富山さん！　って、なんでそんなに濡れてんの!?」

その声がうしろから聞こえてパッとうしろを振り返れば、ずぶ濡れになった亜美がいた。

亜美だって濡れてんじゃん。

そう思ったけど、なんだかうれしかった。

私なんかのために、わざわざ来てくれて……。

ずぶ濡れになるまで、私を探してくれて……。

何も答えない私にしびれを切らしたのか、亜美は少しイラッとした口調でこう言った。

「練習は中止だって。ふぅ。……言いたくないことだったら言わなくてもいいけど、何かあったら私を頼って。ひとりじゃないんだから」

そう言ってくれた亜美は、優しい顔をしていた。

「……っ」

なんでそんなに優しいの？

酷いことをした私に、その優しさは痛い。

一筋、また一筋と、私の涙は頬を伝う。

今なら泣いても大丈夫。

だって雨が、私の涙を隠してくれるから。

「ほら、早く。屋根があるところに行こう」

そう言って亜美は私の手を握って、私を校舎の陰に連れていった。

「大丈夫？　何かあったなら、言ってみて？　すっきりすると思うから」

やっぱり亜美は優しいんだな、と改めて思い知る。

私は拓馬という名前を伏せて、一言また一言と話しはじめた。

　もちろん今日のことしか言わない。

　自殺未遂とか、いちばんカッコ悪いし……。

「あのね、今日、私がある男の子に酷いことを言ってしまったんだ。自分でも最低な奴、って思うくらいに。その男子、酷く傷ついた顔をしていて。私はなんにも言えなかった。そのとき、ごめんねって言えばよかったのに、私は言えなかったんだ。こんな私が今さら謝ったとしても、彼はきっと許してくれないよ」

　もちろん拓馬の病気のことも言わない。

　私が話し終えると、彼女が言った。

　少しだけ顔を苦しそうにゆがめたのは、気のせい？

「……そんなことがあったんだ。大丈夫。きっと仲直りできるよ」

　そう断言できる根拠はなんなの？

　拓馬はきっと、許してくれるはずがない。

「許してくれるわけないよ……」

　本当にそう。

　あんなに酷いことを言ったのに、許してくれるような人なんかいない。

「大丈夫だよ。むしろ富山さんがそんなことを言っているからダメなんだよ。信じなくちゃ、その男の子のことを」

「信じれば、どうにかなるのかな？」

「うん」

　亜美のその一言で、私は決意した。

拓馬を信じようって……。

やがて雨が上がり、私たちは教室に戻った。
ずぶ濡れだったのに、いつの間に乾いたのか、そこまで濡れていない。
よかった。
「あっれ〜！　亜美ぃ〜、どこ行ってたのぉ〜？」
「あら〜、隣にいるのはぁ、富山じゃな〜い？」
麻菜ちゃんとラナちゃんが交互に言った。
亜美は、関係ないっ！
そう思うのに、すくみ上がっている自分もいる。
足が震えているのがわかる。
亜美は私を助けてくれたのに……。
そう思ったら、
「亜美は、亜美は関係ないっ！」
私の口は勝手に動いていた。
私が少し大きめな声でしゃべったから、麻菜ちゃん率いるみんなは私を驚いた目で見てきた。
もちろん、この場に先生はいない。
「ちょっと……。こいつマジでなんなの？　亜美のことを呼び捨てとか……亜美も堕(お)ちたね」
そうやって冷めた低い口調で言う麻菜ちゃんに、しまったと感じた。
勢い余って、人前で亜美のことを『亜美』と呼んでしまった。

だけど、亜美はそんなことは気にしていないようで、
「麻菜……なんでそんなこと言うの？　私たち友達じゃない。酷いよっ！」
麻菜ちゃんに向かって、そう言った。
クラスメートたちが、“なんだ、なんだ”という感じで私たちを見つめる。
あ……。拓馬もこっちを見ている。
私を、見ている？
拓馬を怒らせた私が悪いんだけど、早く仲直りがしたいって思う私は、なんて勝手なんだろう。
「あっ、亜美はっ、なんであたしたちを見捨てようとするの!?　初めからあたしたちは友達じゃなかったってこと!?」
亜美の言葉に、麻菜ちゃんが取り乱す。
クラスのみんなから注がれる視線は、次第に麻菜ちゃんへと集まっていく。
ケンカは嫌だよ。
「もう、やめて……」
弱々しい私の声に、みんなが私を見る。
だけど、私が声を出したことにキレた麻菜ちゃんは、
「お前には関係ないっ!!!　邪魔なんだよ、富山ぁぁぁぁぁぁーーー!!!!」
叫びながら私を睨んだ。
その大きすぎる声に、驚きを隠せないみんな。
もちろん、私もそのひとり。
邪魔……。

やっぱり、私は邪魔者なんだ……。

すると、

「お前ら、いい加減にして」

すぐ背後で声がした。

突然のことにびっくりして振り返ると、ハスキーボイスの拓馬が、このケンカに終止符を打ってくれた。

ところが、

「あんたには関係ないでしょ!!! 邪魔しないでよぉ!!」

麻菜ちゃんが叫ぶ。

でも、拓馬も負けていない。

「俺の友達が困んの。わかる？ しかも先生がもうすぐ来るんだけど。あんたらのケンカなんてむさ苦しいだけだし、見たくもない。みっともない。あんたらはわからないだろうけど、クラスの奴ら見てみ？ みんな固まってんじゃん。しゃべるにしゃべれないんだよ、そんなケンカされると。ケンカなんて醜いものだし、クラスの雰囲気も悪くなるから、やめてもらえない？」

あれ……？

拓馬のキャラ、変わってない？

こんなに正義感、強かったっけ。

……って私、なんで拓馬のことばかり考えているの!?

さっき、あんなに酷いことを言っちゃったんだから、許されるわけがないのに……。

「くっ……。あんたに何がわかるってのよ!? 本当に邪魔！ 悪かったわねっ、クラスの雰囲気を悪くして！」

麻菜ちゃんはフンッと鼻を鳴らして私と拓馬をひと睨みすると、教室から出ていった。

なんで麻菜ちゃん、亜美を睨まないの？
ケンカしているんだから睨むんじゃないの？
意味……わからないよ。
そうこうしているうちに、麻菜ちゃんを取り巻いていた子たちも教室から出ていく。
ちょっと……もう授業がはじまるよ？
何を考えているんだろう……。
「大丈夫か？」
突然のことだったので、私は目をしばたたかせた。
だって、拓馬が話しかけてくれたから。
私は「大丈夫」と一言言って、今しかチャンスがないと思ったから謝ることにした。
「拓馬、さっきはごめんなさい。私、最低なこと言ったよね。拓馬が傷ついてしまうのかがわかっていたのに、口からたくさんの罵声が出た。許して、とは言わないけど、拓馬の気持ちも考えずに本当にごめんね」
私がそう言うと、拓馬は、
「許さない」
そう言った。
「……っ」
ところが、目が点になっている私を見てクスッと笑うと、
「って言ったらどうする？」

と、冗談っぽい口調で言った。

「けっ、結局、許してくれるの？　それとも許してくれないの!?」

私が問いただすと、「ちぇっ」と軽く言って、

「ん、優夏が許してほしいのなら許すよ」

と言ってきたので、私は「許してほしい」と言った。

だって、拓馬とまた友達に戻れるんだから。

すると、

「じゃあ、許す。これからもずっと友達でいろよ？　な？」

拓馬は少し恥ずかしそうにそう言ってくれたんだ……。

うれしかった。

すごく、うれしかった。

「ありがと……」

私が涙をこらえながらお礼を言うと、

「俺こそ悪かった。ごめんな」

拓馬はそう言って、いつもの優しげな笑顔を向けてくれたのだった……。

## 許さない【亜美side】

「あれ？　富山さん、もしかして安西くんが例の言ってた人？　だとしたら、仲直りできたね。本当によかった」

麻菜たちが去ってガヤガヤとしていた教室の中で、私は優夏に話しかけた。

「うんっ、仲直りできたよ！　亜美のおかげかもっ」

優夏はうれしそうにそう言うと、私に屈託のない笑顔を見せた。

私は、その優夏の笑顔に無性にムカついた。

それと同時に、悲しくなり、切なくなり、辛くなった。

優夏の笑顔は、本物の笑顔だったから……。

“騙そう”としている自分がいるのに、酷く傷ついた。

でもすぐに、こいつなんかのために、なんで私が傷つかなくちゃいけないのよ。

そう思った私は、十分すぎるほど醜い心を持っている。

だけど、私は知ってしまったのだ。

優夏は“温かい子”だと……。

本当に優しくて、真夏のような明るさがある子だと。

それも名前のような……。

そこまで考えて、私は思った。

やっぱり優夏とずっと一緒にいてもいいんじゃない？

……っ、違うでしょ！

ダメよ、ダメ。

別に、私は優夏のことが好きじゃない。

そう、私は優夏が大っ嫌いなんだ。

何より私の大切な人を……。

そこまで考えて、我に返る。

もし、この気持ちが変わって、もっともっと優夏の温かさを知ってしまったら、そこから抜け出せなくなる。

優夏を傷つけたくない。

だけど、傷つけなければいけない。

使命にも似た感情に、私は戸惑った。

私は最初に優夏を見つけたとき、絶対に復讐してやる、と誓ったはずなのに……。

ごめんなさい、明(あきら)……。

あなたの憎しみは私が消してあげるから。

もうすぐ行動に移すから。

だから、お願い……。待っていて。

「亜美、どうかした!?」

ハッとして優夏を見ると、優夏は怪訝そうな表情で私を見つめていた。

もしかしたら、殺気にも似たオーラが出ていたのかもしれない……。

気づかれちゃいけない。

優夏だけには気づかれたら……。

「え!?　ううん、なんでもないよ」

私がいつもどおりの優しげな笑顔を浮かべると、優夏はホッとしたような表情になった。

危ない……。

気づかれてしまうところだった。

私がこれから優夏にしようとしていることは……。

絶対にバレたらいけないんだ……。

私は優夏に気づかれないよう、ギュッと拳を握った。

そして、自分に言い聞かせる。

私は優夏が憎いのだ、と……。

早くみんなに知らせなきゃ。

もうすぐやるよ、って。

私は、ただ優夏を裏切るだけでいい。

きっと大丈夫。

絶対に成功させてみせる。

ねぇ、明……。

今、楽しい？

明の意識がどこにあるのかも、明の魂がどこにあるのかもわからない。

でも、私には明が優夏を憎んでいるように思えた。

だから、私が明の代わりに“復讐”してやろうって思えたんだよ……。

私と明は、いつも一緒だった。

明は男の子で、いつも私を大切にしてくれていた。

私たちはイトコ同士。

小さいときは、両親が結婚まで考えたほど仲がよかったという。

何をするにも一緒、どこに行くにも一緒だった私たちだったけど、変わってしまったんだ。

それはただたんに、私が明じゃない男の子を好きになってしまったから。

もちろん明は大好き。

だけど、この思いはイトコという関係からの大好きで、“恋”なんかじゃなかったの。

『明！　大好きだよっ！』

ずっと昔に言ったその言葉。

今は、『大好き』じゃなくて、“大好きだった”だ。

もう明はいないから。

『う〜ん、僕もあーちゃんが大好きっ！』

私のことを『あーちゃん』って呼ぶ明は、本当にかわいかった。

イトコ同士の恋は許される。

『結婚すればいいのにねぇ』

互いの両親が口癖のように言っていた言葉。

でも、私は少し嫌だった。

『明くん、背ぇ伸びたわねぇ』

中3の夏、お母さんが言った何気ない一言だった。

明はとっても背が伸びて、男らしく成長していた。

中学校は別々になってしまった私たち。

だから、明に会うのは久しぶりだったの。

『あ〜、明じゃん！』

　私がそう言うと、明は少し申し訳なさそうな表情を浮かべた。
『やあ、亜美、元気だった？』
『……？　もちろん！　何かあったの？　相談事なら話を聞くよ？』
『や……、これ亜美に言っていいのかわからないけど。俺、好きな人ができたんだ』
『……？　だから……？』
　だから何、という視線を送る。
『えっと、婚約はなしにしよう』
『ああ、そんなことか。あのね、私にも好きな人がいるんだ。っていうか、今、付き合ってる』
『うん』
　と明は頷く。
『だから私からも、婚約破棄をさせてもらいたい、かな』
『それじゃあ……』
　と、彼の顔がほころぶ。
『うん、婚約はなしにしよう』
　でも、私たちの間には、強い何かがあった。
　それは家族愛みたいなもので、私は明が大好きだったんだ。
　ただ、恋愛感情じゃなかっただけ。
『で……』
　私が切り出すと、明はキョトンとする。
『明は、その子と付き合ってんの～？』

冷やかすような口調で聞いてみた。

『ああ、付き合ってはいないよ。ただ、その子とはとっても仲がいいんだ』

私は『へぇ～』と驚く。

明はモテるのに、なんで付き合っていないんだろう。

私の脳内に疑問が浮かぶ。

『なんで付き合わないの？』

そう言うと、明は気まずそうな顔をした。

『その子、違う奴が好きなんだ。最悪だろ？　だから、告白なんてできるわけねぇよ……』

『そうなんだ……』

と私が暗い声で言うと、

『あ……、ごめん。忘れていいよ、この話』

明は、慌てて言った。

私と明の間に、気まずい空気が流れる。

私はその空気を変えたくて、必死に言葉を探す。

そして、今までの話は聞かなかったかのように、

『……っていうか、いつから自分のことを『俺』って言うようになったのよ～？』

私がふざけて言ったので、その場の少し冷たい空気はすうっと解けた。

『あー、その子に少しでもこっちを見てもらえるようにって思ってたから、中学に入ってすぐのころだったかなぁ。もう『俺』に慣れて、『僕』なんて言えないよ』

本当に明はよく頑張ったな、と思う。

　結局、実らなかった恋だったけど、私にはその努力とかがすごいと思ったんだ。
　それから数週間して、明が家に訪ねてきた。
　その顔は明らかに沈んでいて……。
『どうしたの？　何かあった……？　よかったら上がって話をしよ』
　私がそう切り出すと、明は『うん』と家の中に入った。
『なぁ、俺どうすればよかったんだ？』
　私の部屋に入って早々、明はそう口にした。
『もしかして、告ったの!?』
　私はどうなったんだろう、と思って明の言葉に耳を傾けた。
『なんか、いろいろ疲れた。もう最悪だ。俺、なんでここにいるんだろう』
『え？　ってか、私が部屋に入れたんだよ？　ほんの数分前のことなのに覚えてないの？』
『いや、覚えているけど……って、なんでもないよ。気にすんな』
　このとき、明は告白したかについては答えなかった。
　でも、私は告白してフラれたんだと思い込んでいた。
　だから２日後、
『ただいまぁー』
　私がそうやって明るい声で帰ると、
『なに呑気な声を出してんのよっ！　今、大変なときに。聞いてないの？　明くんが……』
　明？

明がどうかしたの？

『明が……どうしたの？』

自分の震える声を聞いて、きっとよくないことを考えている、と思ってしまった。

『明くん、手首を切ったの』

『明が？　手首を切るってケガ？』

『違うのっ！　自分でよ』

『えっ……。じゃぁ今、明は入院しているの⁇』

そこまで言うと、お母さんは頭を振った。

『明くん、明くんはねぇ……』

ゆっくりとお母さんが口を開く。

お母さんの唐突すぎる言葉に、私は

『え……？』

と聞き返した。

『だから、明くん、明くんはっ！　自殺をしてしまったのよ』

は……？

私はとにかく納得できなかった。

どうして。

どうして明が？

明は死ななくてもよかったじゃない。

『どうして明が……⁉　一昨日だって！　家に来たじゃない！』

でも、と私は思い返した。

そういえばあのとき、なんだか思い詰めたような、苦しそうな表情をしていた。

もしかして、フラれたことが原因!?

そうだとしたら。

そうだとしたら。

そうだとしたら!!!

私は絶対に許さないっ！

明をフッた子のことを!!

明は、間違いなく私のイトコで、私は身内が亡くなっていく怖さを知った。

私は恨んだ。

明をフッた子を。

恨んでも恨んでも、物足りなくて。

その子が“死んじゃえばいい”と何度思ったことか。

結局……。

明は15歳という若さで、この世から去ってしまった。

ねぇ、明？

恨んでいるでしょ、彼女を。

お葬式のとき、たまたま出会った明の親友。

その子は、たくさん泣いていて……。

泣いて、泣いて、泣いていた。

顔はもうクシャクシャで、正直、彼女のことを聞くのが怖かった。

でも、私は明のためならいいと思えた。

私が恨みを晴らすから、と。

そして私はその男の子にその女の子のことを聞いた。

『あの……、こんなところで悪いんだけど、明さ、誰かに告らなかった？　知らなかったらいいんだけれど……』
『あ……、明のイトコさんですよね。明が誰かに告白？　あいつそんなことしてたんだ。ただ、明が好きっぽかった子ならわかりますけど、それが何か……？』
　泣きやんでいるように見えるけど、まだ少し泣きたそうな雰囲気だった。
『えっと、明のことをあまり知らないな、って改めて思ったから、せめて好きだった子のことくらい、知っておこうと思ったから……。おかしい、かな？』
　明のことをあまり知らない？
　そんなの嘘。明のことなら知り尽くしている。
　好きだった子のことがわからなかっただけ。
『あ、そういうことですか。俺も本人からちゃんと聞いたわけじゃないけど、明が好きだった子は、たぶん富山優夏っていう子です』
　富山優夏……。
　その子が、彼女が……！
　明の命を奪った子!!
　彼女は今、のらりくらりと生活しているに違いない。
　明が死んだことを聞いても、前に告白してきた人だ！くらいにしか思わないんでしょ!?
『そ、っか。教えてくれてありがとう。私、亜美っていうの。藤堂亜美。よろしくね……』
　私は彼に名前を教えた。
『俺は志場浩平（しばこうへい）です。タメでいいんだよね？　俺のことは浩平でいーから』
『うん、明と同い年だからタメだよ。明とはしばらく会えないかもしれないけど、明のこと、絶対に忘れないでね』
『ああ。親友のこと忘れるようなドジじゃあねぇもん。ってか、俺は明のことを守れなくて……』
『え!?』
『あ、ごめん。亜美って呼び捨てじゃないほうがいい？』
『あー、私のことも亜美でいいよー。私も浩平って呼ぶんだから、ね？』
　ああ、と浩平が頷く。
『そういえば、明が亜美のことを『ものすごい美人だ』って言ってた。俺のイトコはモデルになれる、って、亜美のことをベタ褒めだったよ、本当に。かわいい、かわいいってうるさかった。たぶん明は、亜美のことをちゃんと見てたんだ』
　そうだったんだ……。
　私には普段そんなことを言わなかったくせに、ねぇ。
　モデルとか、無理だから。
『俺から見ても、亜美はチョー美人だよ！』
『はぁ!?　なわけないでしょー！　私が美人とか、ありえない』
『んー、そうかぁ～？』
『そ、そんなこと言っときながら、浩平だってカッコいいじゃない！　浩平、正直言ってモテるでしょ』
　私はそんなことを言って、楽しく話せている自分に気づいた。

　ど、どうして？

　明が、死んだのよ？

　私、最低じゃない。

『ここ、お葬式の会場だったね……。こんなに騒いで明に申し訳ないよ……。私、どうかしてた、こんなところで楽しいおしゃべりなんて』

『だな、俺こそごめん。ってか亜美。メアドだけでも交換していい？』

『え、うん』

　それから私たちはメアドを交換して、それぞれの場所へ戻った。

　私たちはそのあと、よくメールをするようになった。

　今でもメールは続いている。

　ときどき彼とは電話することもあって、低い声が心に響く。

　私はきっと、あの初めて話したときから浩平のことが好きになったんだ。

　彼氏はいたけど、浩平はそんなんじゃなくって。

　彼氏以上に愛しいと思ってしまった。

　だから私は彼氏と別れた。

　いつか、この明の復讐が終わったとき……。

　久しぶりに浩平に会って、「好きだよ」って伝えたい。

　だから。

　今はこの復讐だけ。

　私がやるべきことは、これだけだから。
　早く、終わりにしよう。

「みんな、集まった？　麻菜、ラナ、沙奈恵、凛、アリス、美智留（みちる）」
　今は放課後。
　これからやっと、復讐についての話ができる。
「ねぇ、あたしたちなんで呼ばれたの？」
　麻菜が静かにそう言った。
　誰もが思ってそうなことを、麻菜が代表して尋ねてきた。
「フッ……。そんなの決まっているじゃない。私、体育祭までにケリをつけたかったのよ、あいつのこと」
　そこまで言うと、美智留が口を挟む。
「あいつって、じゃあ、明くんの復讐をはじめるってこと？」
「そういうこと。明を殺したも同然の女なんて、生きていてもらっちゃあ困るのよ。邪魔すぎるから。早く気が変わらないうちに排除しなくちゃ」
「亜美……もしかして情が移った？　なら、あたしたちだけでやろうか？」
「アリス、うれしいけどいいの。私がする復讐は、明の復讐。私はあいつが憎い。だから、私がやりたいの」
　アリス、本当にごめんね。
　気持ちはもちろんうれしかった。
　けど。
　ダメなの、私がやらないと。

「……わかった。でも、あたしたちだってできることなら協力するよ？」

ラナが言ったその言葉に、胸がキュッとなる。

「うん。そのことなんだけど……」

もちろんこの６人は昔からの友達だから、信用できる。

明のことだってすべて話していた。

「みんなには、教室で大胆なイジメをしてほしい。６人で。無理に、とは言わないけれど」

「「大丈夫」」

沙奈恵と凛が言った。

息がピッタリで、うれしかった。

「亜美、ひとりでやろうとしなくてよかったよ。あたしたちを頼ってくれないと。あたしたちは、ただ教室でイジメればいいんだよね？」

「麻菜……。うん、そうだよ。そしたら私が止めに入るから」

ごめんね、みんなを悪者にしちゃって。

できれば私が悪者になってあげたいけど。

「亜美さ、今、絶対“ごめん”って思ったでしょ？」

ラナに言われて、ギクッとする。

「え……、いやぁ」

「クスッ。亜美ってわかりやすいんだよ。でも、あたしたちはこれでよかったって思えるんだ。だから、亜美がごめんって思う必要なんてどこにもないんだよ？」

アリスの言葉に全員がうんうん、と頷いた。

「みんなっ、ありがとう！」

私はいい友達に恵まれたんだ。

みんな、ありがとう。

私、うれしいよ。

「で、どういうふうなイジメがいいの？」

考えていなかった……。

「どういうのがいいかなぁ」

「「「「「考えてなかったんか～いっっ」」」」」

そ、そんなみんなで声を合わせて言わなくっても。

「ちょっと、酷くないですか、それ～」

「はぁ～、緊張が解けたよー。亜美のおかげだわ……」

うん？

そうなのかな？

「っていうか凛、そんなに緊張してたの？」

「えっと、あたしと凛は、あいつと友達だったんだ。高校生になってから初めての友達でさ。まさか亜美がそんなことを抱えていたなんて、２年に進級するまでわからなかったから」

凛の代わりに、沙奈恵が言う。

「ごめん。私がイジメて、って言ったとき……。あんなに反対したのってそのせいなんだよね？」

そう、沙奈恵と凛は誰よりも強く反対していた。

『あたしたちはにそんなことできない』

と、言われた。

そんなことを考える亜美なんて好きになれない、とも。

でも、私が明のことを話したら、しょうがないな、と言ってやると言ってくれた。
「もう謝る必要なんてないって。あたしたちだって今は納得しているんだから」
　そう言ったのは凛。
　本当にごめんね。
　私のせいだから。
　許して、と簡単には言えなくて。
　ただ、ごめんしか出てこないよ。
「あのさ、さっき考えたんだけど」
　急に麻菜が話し出して、あたりはシーンと静まる。
「あたしたちは、お金を要求して、あいつに暴力を与え続けるの。そこに亜美が来て、“やめてあげてよっ”って言う。あたしたちは隙ができたフリをするから、そこであいつを連れて走る。屋上に向かって走るんだよ？　で、屋上で亜美が感情的になる。“死んで”って言って、おしまい。あ、これは朝じゃないとできないよ？　あたしたちがあいつを亜美が来る前にイジメていないと、亜美はずっとその光景を見ていて止めていないことになるから」
「亜美が教室に入ってきた瞬間、あたしたちは一度、亜美のほうを見るから、それがあったら、亜美が走って止めに入る。いいよね？」
　この短時間に……。
　麻菜、すごいよ。
「ありがとう、やっぱり麻菜はすごいよ！　一生私の親友!!　ラナもアリスも美智留も沙奈恵も凛も!!　み一んな私の大好きで大切な親友なんだからっ！」

　私がそう言ったあと、みんなが瞳を潤ませる。

「あのね、あたし亜美に酷いこと言ったじゃない？」

「酷いこと……？」

　麻菜があたしの目をしっかりと見つめて言った。

「うん。『あんたなんか、友達でもなんでもない！　あんたなんか、大っ嫌い!!』って。そう言ったでしょ？　あんなの、ぜーんぶ嘘なんだからねっ！」

「麻菜……、知ってるよそんなこと。だって少し悲しそうだったもん。ってか、計画してたんだから、しょうがなかったんだよ」

　そう、すべては計画されていて、私たちはそれを演じきったのだ。

　だから、最後は……。

　最後の脚本は、麻菜が書いたモノで……。

　あぁ、明日が楽しみだ。

　私たちは怪しい笑みを浮かべた。

## 裏切り

今日もいつもと変わらない朝。

……だと信じていた。

イジメはもちろんヒートアップしていくばかりだけど、学校には拓馬も亜美もいる。

だから、大丈夫。

なはずだった。

「優夏、あんた最近学校によく行くようになったじゃない。今日も行くんでしょ、学校」

お母さん!?

な、に……？

お母さんは何を企んでいるの？

「う、ん……そうだけど」

「帰ったら、ふたりに話したいことがあるの。だから、今日はできるだけ早く帰ってきて」

……!?

話したいことってなんだろう。

しかも、雅にも。

急にそんなこと言われても……。

お母さんが珍しく私の目をしっかり見て話しかけてくると思ったら、深刻な話なのかもしれない。

話したいことなんてないでしょ、と思ったけど、そこは何も問わずにおこう。

「わか、った」
　私は前よりも少し食べられるようになったご飯を食べ終えて、食器を洗うためにキッチンへと向かった。
　話し合わないといけないような大切なこと？
　私なしでもいいじゃない。
　私はこの家族の……。
　この家族の！
　この家族、を……。
　そう、この家族を“崩壊”させてしまった張本人。
　私は邪魔になるだけなのに。
　お父さんはもういないけど、また怒りをあらわにしてしまったらどうしよう。
　耐えきれなくなるくらいの不安に押し潰されてしまいそうで。
　そうか……。
　私は怖いんだ。
　この不安の塊がなんなのかわからないけれど、とにかく私は怖かった。

「お姉ちゃん……、おはよう」
　いつの間にか雅が起きてきていて、私にあいさつをしてくれた。
「おはよう、雅」
　私もおはよう、と返して雅をまじまじと見る。
　雅は本当にかわいいな。

私なんかとは比べ物にならないくらいに。

きっと雅はモテる。

クラスでも人気者だろう。

私なんかとは違って、制服も違和感なく着れている。

私のおさがりなのに、雅は嫌だとも言わずに着てくれている。

どうしてこんなに違うの？

私と雅、姉妹でしょう？

なのに。

なんでこんなに差がついているの。

私はかわいくなる努力なんてしなかった。

雅はいつも陰ながら美容とかに気をつけていたよね。

そんな、違いだったんじゃないかな。

人はみんな違う。

たとえ姉妹でも、こんなに違う。

そうわかっているけど、私と雅は違いすぎる。

雅と１日だけ、交換できたら。

そんな私の醜い心にゾッとする。

でも、もういいんだ。

諦めちゃったから。

私はこれ以上かわいくなることも、いい人になることもできないだろう。

しょうがないよね。

努力しようとしなかった私が悪いんだから。

「行ってきます」

今日もコソッと言ったつもりだった。

だから、まさかお母さんが聞いているなんて思ってもみなかったんだ。

「……行ってらっしゃい」

私の呟きと同じくらいの小さな呟きが響いた。

すぐにわかったよ。

誰の声か、なんて。

そんなの簡単だよ。

お母さん、ありがとう。

なんだか元気が出た。

いつもとは違った朝に驚きながらも、私は心の中でもう一度、『行ってきます』と言って家を出た。

学校の校門にたどりつけば、やっぱり悪口は絶えないもので。

「え！　ちょっとあれ！　今日も来てたんだ。最近、邪魔じゃない？」

「わかる、わかる。亜美ちゃんがかわいそうだしっ！」

赤いシャツに身を包んだ子たちは、私を見ると口ぐちにそう言う。

亜美がかわいそう？

やっぱり私がいて、亜美にいいことないじゃない。

私は、しょせん邪魔者だから。

酷い、とはもう思わないよ。

みんなが本心で言っているんじゃない……って信じてい

るから。

　信じすぎることはダメだけど、そう信じるしかないと思うんだ。

　それしか今の私にはできないから。

　ただ、私がそれで裏切られても文句は言えないっていうだけ。

　だから、いいの。

　信じたほうが、きっと。

　だから私は、拓馬も亜美も信じている。

　信じる度合いは違うけれども、まわりのみんなも、私をイジメるみんなも……。

　いつかはやめてくれる、って信じている。

　裏切られてもいいんだ。

　そう、裏切られても……。

　私が教室に入ると、彼女たちの声がうしろから聞こえてきた。

「おはよー」

「おー、麻菜早いねぇ」

「あたしたちがいちばん乗りじゃな〜い？」

　……っ

　どうせ私がいるのわかっているくせに。

　私は昨日、拓馬に言われたことを思い出した。

　と言っても、直接ではない。

　私たちはメアドを交換していたから、メールでだ。

　拓馬はメールでこう言っていた。

【藤堂亜美は信用しないほうがいいと思う】

え、と思った。

なんで、と返せば、

【昨日、優夏が帰ったあとに女子が7人くらい残ってたんだ。そのとき藤堂もいて。藤堂は明日、優夏に酷いことをしようと思っているらしい。詳しくはよくわからないんだけど……】

と返ってきた。

【そんなわけないじゃんっ！　亜美がそんなことするわけないじゃない。前だって助けてくれたし、相談にだって乗ってくれたんだよ？】

【だよな。ごめん、たぶん俺の勘違いだ。気を悪くさせたならごめん、悪かったな】

拓馬を信じるべきか、亜美を信じるべきか、正直迷ったんだ。

私は亜美はそんな人じゃない、って思っていたから、拓馬の言っていたことをよく考えなかった。

でも……。

よく考えたらそれって、拓馬のことを信じなかったってことだよね。

私、最低だよ。

亜美のことを信じるのか、拓馬のことを信じるのか。

私はどうしたらよかったんだろうね。

亜美はそんなことする人じゃない。

けど、拓馬だって嘘は言わないと思うんだ。

結局どちらかが本当で、どちらかを信じないといけないんだけど、私は亜美を信じた。

亜美を信じるのは、正直怖かった。

けど。

亜美は優しいし。

それを言ったら拓馬だって。

私はどうすればいいのかわからなかったから、亜美を。

亜美を信じてしまったんだ。

拓馬だって信じているけど、私は。

亜美はそんな人じゃないんだ、って思いのほうが強いから。

拓馬。

私は拓馬だって信じているよ。

でも、あのメールは？

拓馬が聞き間違い……なんだよね？

「あっれ〜？　富山、来てたんだ」

麻菜ちゃんの声で我に返ると、６人の女子生徒が教室に入ってきた。

「ねっ、そんなことはどうでもいいから、早くやっちゃおーよ」

「でも、アリス……」

「あたし今、お金ないんだよ。ちょうどいいところに富山じゃん！」

麻菜ちゃんが私を指さして言った。

沙奈恵と凛は、少しだけ辛そうな顔をする。

でも、ほかの４人は気づかない。
「富山、お金ある？」
とうとうお金の要求が来た、と思って私は顔をしかめる。
「いや……、ないけど」
私がためらう感じで言ったからか、名前を知らない子が私のカバンの中を探ってきた。
席に座っていた私は、「やめて！」と、か細い声で抵抗する。
「本当にやめて……」
私は、最後の抵抗だと言わんばかりに言った。
「美智留、いいよ」
私のカバンを探ってきたのは美智留、という子らしい。
「じゃあ、富山。お金を取られたくなかったらあたしたちのところに来て」
私はその指示に従い、麻菜ちゃんたちのほうへ歩いていった。
「みんな捕まえてっ！」
「へ……？」
私の間抜けな声が響いた。
とたんに、私は前みたく沙奈恵と凛にがっしりと腕をつかまれた。
沙奈恵？
凛？
少し手が震えている気がするのは、気のせい……？
なんだか顔が、辛そうだよ？

そう見えるのは、私だけなのかな。

そういえば沙奈恵と凛、前に言っていたよね。

私たちには、小さいころからの大親友がたくさんいるの、と。

それって、誰のこと？

もしかして、麻菜ちゃんたちだったりする？

だから私のことをイジメようと思ったの？

わからないよ。

今、ふたりが何を考えているのかなんて。

「……沙奈恵……凛……」

私の小さい呟きは、隣にいる沙奈恵や凛にも聞こえていなかった。

もしくは、"聞こえないフリ"をしているの？

――ドスッ。

突然お腹にやってきた痛みに、私は顔をゆがませる。

今、私は蹴られた？

麻菜ちゃんに？

お金がないなら暴力を、っていうこと？

「あれ、弱かったかな？　じゃあ、次はアリスね！」

「おっけ～！」

そう言ったアリスちゃんは、私のお腹めがけて足を蹴り上げた。

ところが……。

「……っ」

あれ？

痛みがやってこない？

来るのを覚悟していたのに。

ってことはもう……。

――グシッ！

「いたっ……」

数秒遅れてきた痛みに、私は顔をしかめた。

意地が、悪い。

アリスちゃんは、私が麻菜ちゃんにやられたところを正確に蹴っていた。

痛みは、さっき麻菜ちゃんにやられたときよりも鈍くて、ドシリとした重さを感じて、ずっとずっと痛かった。

沙奈恵も凛も、目をつむっていた。

恐怖にも似た表情を浮かべながら。

「次は～、ラナやってみてよ！」

「クスッ、いいよ～。あたしにできるかな～？」

そう言ったラナちゃんは、私のお腹めがけて蹴りを入れてきた。

さすがの私も、これじゃあ膝をつかずにはいられない。

カクンッ、と膝が折れて私はその場に座り込んだ。

――ガッ、ガッ……。

と、ラナちゃんはなおも蹴り続ける。

「はぁ、はぁ……」

息が乱れていき、私はこのまま死ぬかもしれない、と思ったそのとき。

――ガラッ。

麻菜ちゃんたちが音が響かないように、と閉めていた扉を開ける音がした。

チラリとみんながそちらに視線を投げかけたので、私もそちらを見やった。

「……っ」

亜美!?

なんでこんなときに亜美が。

いつもこの時間よりも早く来るのに。

いつもどおり早く来てくれていたら。

ううん。

違うよ。もし亜美がもっと早く来ていたら、私と同じようなことになっていたかもしれないじゃない。

「やめてあげてよっ」

亜美のそんな声がして、みんなに一瞬の隙ができる。

すかさず亜美がこちらに走ってきて、私の手を握る。

そのまま有無を言わさずに、亜美は私の手を引き走り出した。

「亜美……?」

どこに行くの?

というか、助けてくれてありがとう。

「ありがとう、亜美」

私はお礼を言った。

でも、亜美は何も言わない。

ましてやこちらを向いて笑ったりもしない。

階段を上がっていくうちに、亜美がどこへ向かおうとしているのかわかった。

「屋上……」

——ギィィイイ。

扉を開けると、青い空が広がる。

あ、もう夏に近いんだな。

最近、何度もそう思っていたけど、今ではもっと思うようになったころ。

私と亜美は、互いに無言でいる。

突然、亜美が私にこう言った。

「大丈夫だった？　ケガとかしてない？」

優しい言葉なのに、どこか棒読みのような口調だった。

「え……うん、別にだいじょ……」

「なーんて、そんな優しい言葉を私がかけてあげると思う⁇　バカじゃないの？　私はそんなに優しくないんだよ。それすらも気づかなかったとか、バカすぎて呆れるわ」

亜美が私の言葉を遮って、冷たく言い放った。

亜美……？

あれ、そんなしゃべり方だっけ。

私、こんな亜美、知らないよ。

じゃあ、亜美が私に優しく接してくれたように見えたのは、私がバカすぎて気づくことができなかったからなの？

「私、あんたが……富山優夏が！　嫌いなのよっ」

突然の告白に、思わずうつむく。

亜美が、私を嫌い？

今までそんなそぶりも見せなかったじゃない。

「なん、で……？」

「そんなの決まってるじゃない！　あんたが……あんたが、あんたが明を！　あんたが明を殺したも同然だからよっ!!」

中学のときの同級生で、自殺してしまった中川明。

明と亜美がイトコ同士だということは、少し前に聞いて知っていた。

私と明は、かなり仲がよかった。

恋愛や将来の夢の話をするくらい。

でも……。

私が、明を？

殺した？

私が、明を。

コロシタ？

ころした？

殺した……。

「あんたは今までのほほんと過ごしていたけど！　明は！明はあんたのせいで死んだのよ！」

私は、明を殺してなんかいない。

だって明は……。

「私は明を殺していないよ？　だって……」

「黙って！　あんたは明を殺した！　殺したのよっ!?　このっ人殺しがっ!!!」

人殺し？

私が。

　私が明を、殺してしまったというの??

「あんたなんかいらないのよ！　死んじゃえばいいのに！　そうよ、今すぐ死になさいよっ！　私の目の前で、私がここで見てるから。飛び降りでもなんでもいい。だから、早く死になさいよ!!!」

　もう、死んじゃったほうがいいのかな。

　私は、いらないらしいから。

　あぁ、私が死んで悲しんでくれる人なんているの？

　いないよね。

　だったら……。

『生きろ』

　え？　この優しげで、必死な声は。

　拓馬？

　あ、私が死んで悲しんでくれる人が、ひとりだけいた。

　拓馬。

　拓馬は私に死んでほしくないんだよね？

　じゃあ、私は……。

「い……嫌だ」

「え？」

「嫌なの！　私はまだ死にたくない!!　私は生きるのっ！」

　私が声を荒げたせいか、彼女は驚く。

「……あのね、あんたに死んでもらわないと明の気が晴れないのよ」

　そう言った亜美は、私をフェンスにぶつける。

　ガシャンッ。

「いたっ……」

「早く！　飛び降りれば済むことでしょっ!?　ためらわないでよ。早く死んで」

嫌だ。私はまだ死なない。

拓馬。

あなたがいたからだよ。

こんなに生きたいと思えたのは。

だから。

「死にたくない。ねぇ、亜美。明とのこと、教えてあげるよ……」

「明との、こと？」

「うん。明が死ぬ前、明は私にある告白をしてきた」

「ある告白？」

「そう。明は、じつは上級生にイジメられていた」

「明がイジメられていた？　そんなの嘘よ！　明はそんな性格の人間じゃない！」

「でも、本当のことだよ。ただ、イジメといっても、暴力を振るわれているとかじゃなかった。もっとタチが悪くて、お金を巻き上げられていた。私や当時の明の親友は、何度も『先生や親に相談しようよ』って説得したけど、明は『これは俺の問題だから』って、ひとりで抱え込んでた。私たち……誰も力になれなかったんだ……」

「そんな……。でも、イトコの私が知らないなんておかしいじゃん」

「イトコとは同級生で親同士も仲がいいって聞いていたか

ら、相談しにくかったんじゃないかな……」

「で、でも、どうして明は上級生にイジメられるようになったの？」

「明ははっきりとは言わなかったけど、上級生が気に入っている女の子が、明に告白したからみたいなんだ。明ってすごくモテていたから、もともと上級生からは『生意気だ』って、すごく目をつけられていたし……」

「……」

「死ぬ前日、明は『俺はこの学校にいる以上、ずっとあいつらに金を取られ続けていくのかな……』と真っ青な顔で言っていた」

私が話し終えると、亜美の目からはたくさんの涙がこぼれ落ちる。

「私っ、あなたに酷いことをした……。優夏は関係なかったのに。私はあなたをイジメた」

あぁ、やっぱりね。

拓馬は正しかったね。

でも、私も、気づいていたのかもしれない。

私は亜美って呼ぶのに、亜美は私を“富山さん”としか言ってくれなかったから。

それでも、亜美を信じていたのは……。

自分の意地だったのかもしれない。

実際、亜美は悪い子じゃないし、どちらかというとイイ子だ。

そんな子を、信じないなんて嫌だった。

「ごめんなさい……。本当に私のせいで。こんなに辛い思いをさせてしまった。今からでも……」

亜美？

どう、したの？

今からでも、何？

「本当の友達になってくださいっ！」

亜美……。

そんなの、そんなの決まっているじゃない。

返事なんて。

「はいっ、喜んで。亜美、よろしくね」

私はひと粒、涙を流した。

亜美の目からも、溢れるようにして出てきて。

「優夏……こちらこそ、よろしくね！」

亜美は、涙を流しながらもほほえんでいた。

あれ？

今、亜美……。優夏って呼んでくれたよね？

「い、今……亜美、私のこと“優夏”って名前で……」

そう言うと、亜美は照れ臭そうに下を向いてこう言った。

「私、ずっと優夏のこと、優夏って呼びたかったんだよ。でも、イジメるのにケジメはつけないと、って思ってたから。やっと。やっと、名前で呼ぶことができたっ！」

亜美の顔には満面の笑みがあった。

「ついでに言うとね、麻菜、ラナ、アリス、美智留、沙奈恵、凛は、みーんなイイ子なんだよ。私が優夏をイジメるようにお願いしたの。私がイジメてって言ったときも、みんなは渋々な感じだったから。もし、謝ってきたら……。私が言えることじゃないけど、許してあげてほしいの」
「そんなの、当たり前だよ。まぁ、すぐには無理かもしれないけど……。私はみんなと仲よくしたかったから」
　次の瞬間、亜美が私に抱きついてきてこう言った。
「優夏、ありがとう。大好きだよっ！」
「そんなの私もに決まってるーーー！」
　私がそう言ったあと、屋上の扉がバンッと開いた。
「亜美！　……って、もういいの？」
「麻菜……。あのね、優夏のせいじゃなかったんだ。明が死んじゃったのは。だから、私たちが謝らないといけないんだよ」
　麻菜ちゃんが、みんなが、「えっ」と驚いた。
　屋上に入ってきた６人は、私に頭を下げた。
「「「「「「ごめんっ」」」」」」
「もう大丈夫だよ。みんながどんなにいい人たちか、亜美からたくさん聞いたから」
　そして、このイジメは私の一言でなくなった……。

## 家族

「ただいま」
　言っても聞いてもらえもしない言葉を言う私。
　ホント、バカだと自覚している。
　それでも口をついて出てくる言葉を、私は止められない。
　でも、なんだか今日は違う気がしていた。
　きっと、学校でのことが解決できたからじゃないかな。
　痛むお腹は解決の代償だと思えば、我慢できなくないと思う。
　ちょっと下を向いてみるけど、これもかなり……。
　結構アザとかになってそうで、怖い気がしないでもないんだけど、ね……。
「おかえりっ」
　誰かのそんな声に、ハッとする。
　わかっているよ声の主ぐらい……。
　雅、だよね。
「どう、して」
　口から出る言葉は、全然素直じゃない。
　私のその言葉に、雅は困ったような悲しいような顔をした。
　そんな顔、させるつもりじゃなかったんだけどな。
「お姉ちゃんに……、お姉ちゃんにいつも言っていなかったなって。あたしっ、少しずつでもいーから、変わりたいなって。でもごめん。急にそんなこと言われても、迷惑、だよね」

　違うよ、雅。

　うれしいんだよ。

　うれしすぎるから、声も出ないんだよ。

　それに、雅が謝る必要なんて、どこにもないんだよ。

「雅が謝る必要なんてないよ？」

　私が優しく言ったからか、雅は言葉を濁した。

「あっ、お姉ちゃん、今日なんかいいことあったでしょ！吹っ切れた顔してるよ」

　私はその言葉に少しうれしくなった。

　だって雅、私をちゃんと見てくれているってことでしょ？

　雅、私はここ１年、ううん、その前から、雅に苦手意識を持ってたんだよ。

　でも、今日だって、今だって、雅のその優しさに触れることができた。

　だから、私は……。

「雅、私も変わりたい」

　さっきの凛とした雅を思い出して、負けじと私も言葉を紡ぐ。

「お姉ちゃん、今までのこと、いくら謝ったってもう取り返しがつかないことくらい、あたしもわかっているよ。けど、もう一度、最初からやり直せないのかな、あたしたち。あたしは、最初からやり直したい」

　そう言った雅のほうを勢いよく見る。

「……った」

痛みが、声を出すのを邪魔する。

それでも雅のその言葉に、私が答えないわけにもいかなくて。

雅なりに、私のことをきちんと考えてくれているのがよくわかる。

「ユカちゃんっ？」

突然のその言葉に、私は目を見開く。

「あっ……」

やってしまったというように、口元を押さえる雅。

「……やっと」

「え？」

「やっと私をっ、その呼び方で呼んでくれたっ！」

呟いたはずの言葉は、雅に突き刺さる。

雅はもともと私のことを、『お姉ちゃん』ではなくて、『ユカちゃん』と呼んでいた。

その呼び方は、お父さんと大ゲンカしてから、まったく使われなくなっていた。

私はその変化を、知っていた。

玄関先で、こんなふうに雅と話している私。

泣きそうになるのをこらえて、雅を見つめる。

「じゃあ、ユカちゃんもっ、あたしのこと……前みたいに、呼んでよ」

そう言った雅に、私はまたうつむく。

「呼んで、いいの？」

「いいに決まってるよっ！　なんでそんなこと聞くの!?」

「ミヤちゃんっ」
　思い切って顔を上げた反動で、ちょっとお腹が辛い。
　うめき声、聞こえてなかったらいいけどな。
「ユカちゃん、ありがとう」
　そう言って笑ったミヤちゃんは、前よりももっと、もっともっと吹っ切れた表情をしていた。
　うれしくなって私も表情を緩めれば、いつの間にか私のすぐそばに来ていたミヤちゃん。
　どうしたんだろうと思っていると、いきなり私の制服のシャツを引っ張り上げた。
「ちょっ、ミヤちゃん！」
「やっぱりっ！　アザができてる！　なんでこんなことされてるの！」
　ミヤちゃんの目を見ると、怒りが垣間見えている。
　それと、少し震えているのがわかる。
「あたしの友達っ、いなくなっちゃったあと、体にアザがいっぱいあったんだよ。なのに全部隠してて、それでちょっと歩くのでさえ痛いはずなのに、ユカちゃんみたいに痛みに耐えてたんだよ。あたしは、耐えてることも見破れなかったんだよ」
　そう言って、さらに力なく、
「友達失格だったんだよ」
　儚い笑顔を見せて言った。
　ギュッと私のシャツを握りしめるミヤちゃんが、私にはかわいく見えた。

「そんなこと、ないと思うな。たぶん、ミヤちゃんの友達、後悔してないと思うよ」

ミヤちゃんから目をそらして呟く。

「なん、で？」

震える声で問う今のミヤちゃんに、私の言葉は合っているの？

その言葉で、いいの？

わからないよ、わからない。

けど、ミヤちゃんの友達と私、ちょっと似ている気がしたから。

だから、あえて言うね。

「たしかに、ミヤちゃんの友達はその痛みに気づいてもらいたかったんだと思う。でも、気づいてほしくもなかったんだよ、きっと。矛盾ばっかだけどね。それにミヤちゃんは、なんだかんだ言って、友達のそばにいたんでしょ？それで友達失格って言われたら、ミヤちゃんの友達、泣いちゃうと思うな」

私の言葉がミヤちゃんに届いていると信じて、私は言葉をさらに紡いだ。

「ミヤちゃんがそばにいるだけで、その友達はうれしかったはずだよ」

私でいう拓馬みたいな存在が、きっとミヤちゃんだったんだ。

「でも、そんなのあたしわからないよぉ」

「私だって、わからないけど……、私が言いたいのは、ミヤちゃんみたいな人がいてくれるだけで、ずいぶん救われるってことだよ」

ちょっと笑ってそう言えば、ミヤちゃんは「そっか」と呟いて、しばらく黙っていた。

私もミヤちゃんが話すまで、何を話せばいいのかわからなかったから、そのまま黙る。

「……お腹、痛むよね」

すると、ミヤちゃんが一言。

まあ、痛むけど、急にどうしたのかな。

「来て」

そう言って手を引っ張られて、私たちは階段を上がっていく。

地味に痛いんだけどな。

っていうか、どこに行くつもりなの？

「入っていいよ、ユカちゃん」

そう言われて、私はどうしようかと立ちすくむ。

だってここは、ミヤちゃんの部屋でしょ？

「でも、私なんかが……」

「いいのっ、あたしの部屋に入っちゃダメっていうルール、今から取り消し！　もうこれからはじゃんじゃん入ってきていいの！　あんなルール、あたしがユカちゃんに負けたくないから作ったんだし……」

そう、私たちには、お互いの部屋には入らないっていうルールがあった。

ミヤちゃんが最初に言い出して、じゃあ私の部屋にも入ってこないでね、ってなったんだったっけ。

　でも、私に負けたくいないってどういうことなんだろう。

　私のほうが、ミヤちゃんに負けっぱなしなのに……。

「それって、どういう……」

　聞こうとしたとたん、ミヤちゃんが私を部屋に押し込めてきた。

「そんなことどーでもいーから！　今はユカちゃんのそのアザのほうが大事なの！」

　そんな言葉をくれたミヤちゃんに、私はうれしくなって下を向く。

「ありがと」

　ミヤちゃんに届いたかどうかはわからないけど、それはそれでいいんだ。

　ミヤちゃんは私をベッドに座らせて、医者のようにアザを診てくる。

「んー、ここ青黒くなってるんだけど、痛いよね？」

　触りながら「ここ痛い？」と聞いてくるミヤちゃん。

「痛い、マジで痛い。色が変わってるとこ全般が痛い」

　そう言ったら、ミヤちゃんは顔を引きつらす。

　どこからか取り出した湿布を、私のお腹にペタペタと張っていくミヤちゃん。

「冷たっ」

「我慢して！」

　冷たいのに、ミヤちゃんの一言に一括された。

　うぅ、冷たい。

「これでよし、と。あとは背中だね。背中は痛む？」

背中？

背中は全然痛みを感じなかったから、たぶん大丈夫だと思う。

そう思ったけど、ミヤちゃんは私の背後にまわり込んで、パッとシャツを引き上げる。

「あちゃー、やっぱりちょっとアザができてる」

えぇっ、痛みなんて感じなかったのに！

それでも、一度それを知ってしまったら、背中にだんだんと痛みを感じてしまう。

「壁にぶち当たったとか、そんなことなかったの？」

たしかにあった気がする。

そう思ってたら、さっきと同じように、ミヤちゃんは器用に私の背中に湿布を張りつけていく。

どこから持ってきたのよ、その湿布。

「よしっ、完了！　もし次もこういうことがあったら、あたしに言ってよ!?　絶対の絶対だからね」

優しく言ってくれるミヤちゃんは神だ。

でも……。

「次はこんなこと、絶対に起きないよ」

「え？」

私の言葉に、ミヤちゃんが“どうして？”というように私を見てくる。

「だってもう、解決して仲よくなれたから」

ニッコリ笑って言う。

きっともう、みんなは私をイジメるのをやめると思う。

ただ、そんなすぐには私と仲よくできるとは思えない。

無視とかもないと思うけど、たぶん最初のうちはどう接していいかわからず、みんな戸惑うと思う。

でも、それでもいい。

今日までの状態より、断然いいと思うから。

それに……拓馬もいるし。

ミヤちゃんとも前みたいに戻れそうだし。

「そういえば、ミヤちゃんがさっき言ってた……『最初からやり直したい』って気持ち、私も一緒だよ。私もミヤちゃんと最初からやり直して、また仲よくしたいって、そう思ってるよ」

「っ、ユカちゃんって、ズルい！　でも、やっとスタートラインに立てた気がする。これからユカちゃんに、これでもかってほど付きまとってやるんだからね！　覚悟しといてよっ」

涙を流しながら笑うミヤちゃんに、私も涙が出てきてしまう。

「そっちこそだし！　っていうか、そんなに泣かないでよ、移るじゃん！」

私が言うと、ミヤちゃんが抱きついてきた。

「泣いてないし、仲直りのハグをするだけ！」

涙声なのに強がるところは変わってないミヤちゃんだけど、私たちは成長できたと思う。

私もギュッとミヤちゃんの背中に手をまわして、この幸せをかみしめていた。

でも、そんな幸せも束の間で、その幸せは一言でかき消された。

「優夏、雅、下りてきなさい！」

帰ってきたお母さんのその声に、私たちは困ったように顔を見合わすと、湿布の匂いを漂わせながら、仕方なしにリビングに向かった。

「そういえば、朝、話があるって言ってたもんね」

ミヤちゃんのその言葉に、ああ、あのことかと納得する。

「お母さんがこっちに来てくれればよかったのに〜」

そんなミヤちゃんに苦笑いして、私たちは顔を引きしめてリビングの扉を開けた。

「「……っっ」」

開けた瞬間、さすが姉妹というべきか、私と雅が同じのタイミングで息をのむ音が響いた。

でも、問題はそんなことじゃなくて。

なん、で。

なんでここにいるの？

リビングのソファに、少し居心地が悪そうに座っている人物。

とっさに口を開いたのは、ミヤちゃんだった。

「なんでいるのっ、お父さん！」

そこには少しげっそりとしているけど、間違えようのないお父さんがいた。

あれだけのことをして、家庭を壊しておいてっ！

家庭が壊れる決定的な原因は自分だったのかもしれないけど、お父さんを恨んでいる自分がいる。

もう１年がたつのに、あのときのことを鮮明に思い出せちゃう私がいる。

今さらだよ、今さら。

今さらなんだよ、お父さん。

「雅……、優夏も、お父さんの話を聞いて」

「嫌だよっ、今さらすぎるじゃん！」

心の内に溜まっていた思いが、叫びになって溢れ出す。

お母さんにこんな態度を取ることなんて、そうそうなかった。

だけど、今日はそういうわけにもいかない。

「ミヤちゃん、私たち、お父さんに話すことなんて何もないよね？」

私はそう言って、頷いたミヤちゃんとリビングから出ようとした。

「待ってくれっ、頼む！」

それを引き止めたのは、ほかでもない。

お父さんだった。

待ってくれって、ホントに今さら何？

でも、そこまで言われて足を止めないような冷たい奴じゃないから、私たちは揃ってお父さんのほうに目を向けた。

お父さんが何を言うのか、何をしたいのか、それはわからない。
「ねぇ、言うなら早く言ってよ、お父さん。あたし、学校の宿題やんなきゃいけないんだよね」
　ミヤちゃんの口から『学校の宿題』という言葉が出たことに苦笑いしながらも、その低い声に驚いていた。
　ミヤちゃんもミヤちゃんで、お父さんと何かあったのかな。
　たぶん、お互いがお互いをわかっていないから、話し合わないといけないんだと思う。
「すまなかった！　あんなことをしておいて、今さらだって言われるかもしれない。許してくれなんて図々しいことは言えないけど、本当に悪かったと思っているんだっ」
　その言葉を聞いた瞬間、私はお父さんを睨んでいた。
　すまなかった？
　悪かったと思っているんだ？
　そう思うくらいなら、あんなふうにしなかったらよかったんだよ！
　許せるはずがないじゃん。
　こんなことになったのは、お父さんにも原因があるんだから。
「すまないっ」
　再びそう叫んだと思ったら、お父さんはいつの間にかソファの下にいた。
　ごつんと音がするくらい、額を床に押しつけている。
　……土下座、だ。
　こんなことされたら、絶対に許さない、っていう気持ちが変わってしまう。

　それをわかってお父さんはやっているの？

「なんでそんなことしてんの!?　顔を上げてよ！　そんなふうに謝らないでよ！」

　素直になれない私の口からは、そんな最低な言葉しか出てこなくて。

　真摯（しんし）に対応するということが、まったくできない。

「そうだよぉっ、あたしたちがどれだけ恨んでるかわかってんの!?　お父さんなんか……、ここに来てほしくなかったよ！」

　うっすらと目に涙を溜めて、お父さんを一心に見つめるミヤちゃん。

　私もミヤちゃんと同じ気持ちだよ。

「お父さん……なんで私とミヤちゃんを比べたの？　ずっとずっと、私はミヤちゃんと比べられてきた！」

「……っっ、それはっ」

　ほら、結局は答えられないんだよ。

　こんなんじゃ、ここに来た意味なんてないよね。

　早く、ここから出ていってほしいよ。

　それでも、この場所に家族が集まったことに喜んでいる自分がいる。

　こんなになってもまだ“家族だ”なんて思う自分に、吐き気がする。

　もっとバッサリと切り捨てられたらよかったのに。

　それができないから、自分にもイライラするんだよね。

「優夏、聞いて。お父さんのこと、もっとよく見て」
　お母さんがそう言って私を諭す。
　何を見ればいいの？
　行動？
　外見？
　中身？
　お父さんを見れば、髪の白さが目立っていて。
　たった今、気づいたけど、この１年だけであんなに白くなるものなの？
　気のせいかな、って思いが浮かんでくる。
　お母さんもたしかに白髪が増えたけど、それはきっと私たちを育てるストレスからだとわかる。
　でも、お父さんには理由がない。
　……こんなふうになる理由なんて、ないんだよね？
　中身も、あのころと大して変わっていないと思う。
　外見は変わっても、たった１年で中身まで変わるはずがない……たぶん。
　じゃあ、お母さんが言いたいことはなんなの⁇
　私に、私たちにどうしてほしいの？
　お父さんを許せばいいの？
「わかった、許すよ。そうすればいいんでしょ？　私は許したから、早くこの家から出ていってよ」
　我ながら、こんなに低い声が出るのかと驚きながらも、私は淡々と言った。
　そこにプラスの感情なんてなくて、どうしようもない怒りだけが、私の内側から湧いてくる。
「ユカちゃん……」
ミヤちゃんの声だけが、やけに鮮明に私の頭に響いてきて……こんな醜い感情を知られたくないから、私はとっさに顔を下に向けた。
「優夏、あのころの俺は自分のことを棚に上げて、お前たちのことを比較してきた。ことあるごとに、『雅は』と。それと同時に、雅にも『優夏は』と言って」
ミヤちゃんにも、言ってたの？
あんな最低なことを??
ミヤちゃんのほうを盗み見れば、悔しそうに歯を食いしばっていた。
「俺はお前たちのように成績が優秀だったわけじゃなかったんだ。小さいころは本当に何もできなかったし、今でも仕事でたくさんミスをする。そんな自分が嫌で嫌でたまらなかった」
お父さんから聞くその話は、私たちにとって驚きのことばかりで。
私とミヤちゃんは、無言でお父さんを見ていた。
「今では、もっと勉強しておいたらよかった、もっと積み重ねがあればよかったって、すごく後悔をしているんだ。社会に出れば、知らないことはたくさんあるし、でも、知らないと言いにくくて、知らないままだったり。それをバカにしてくる同僚や、上司たち……」
それが、そのことが、私たちにどう関係しているのか、私にはまったくわからなかった。

それと同時に、こんなことになるまでお父さんのことをまったく知らなかった自分に驚いた。

お父さんは、会社では結構頼りにされてる人で、かなりの重役を任さられることがある。

それなのに、そんなお父さんがバカにされていただなんて……信じたくない、信じられない。

「だからだ。だからお前たちには、勉強のことで厳しく言いすぎたんだ。俺みたいな思いはしてほしくない、そんな思いをさせるくらいなら、どんなに厳しい奴でも最低な奴になってもいい、最終的にはわかってくれる。お前たちに、俺のそんな甘い考えがあったんだよ。でも、俺のこんな話を聞かせずに、お互いを比べていたのは間違いだったんだ。比べること自体っ、間違いだったっ！」

お父さんの苦しげな思いは、私の心の奥深くにまで伝わってきて。

「……さっき、私はお父さんの思いも知らずに、『許す』なんて簡単に言った」

そう……簡単に、言ってしまった。

言葉なんて、一度口に出したら取り返しがつかないのに。

今、聞いたことを聞かずに言った自分を恨みたい。

でも、だからといって今なら本気で許せるかって言われたら、それも違う。

だけど、だけど、私……。

「お父さん、あんな酷いこと言ってごめんなさいっ。悪かったのはお父さんだけじゃなくって、私もだった。自分のことを棚に上げてるのは、私のほう！」

まだ『許す』ということができなくても、私は謝らないといけない。

お父さんを悪者にしすぎた私。

それこそ最低だよね。

「だから、これでおあいこだから！」

そう言った私に、ミヤちゃんも頷いている。

「あたしも、ユカちゃんと一緒。だからお父さん、あたしもおあいこ！」

ミヤちゃんが明るい声で言って、なんだか和やかな雰囲気になってきた気がする。

「お前たち……。でも、あのころの俺は本当にバカだったから。だから、お前たちがあのとき、どんな思いでいたのか教えてくれないか？」

あのときって、きっと大ゲンカしたときのことだよね。

私は頷いて、話しはじめた。

「私ね、さっきも言ったとおり、ミヤちゃんとずっとずっと比べられてきた。それが、正直言って嫌だった。辛くて、悲しくて、私じゃダメなんだって、お父さんの理想の子じゃないんだって、そう思っていた。私とミヤちゃんは、全然違う。姉妹だから、ミヤちゃんと見た目は似てても、それでもミヤちゃんのほうがかわいかったし。ミヤちゃんは努力家だったし、そんなミヤちゃんに敵わないこともわかってたよ。だから、そのことは別によかったんだ。でも、お父さんがあのとき、私の成績を見て怒ったことが、私にとって、すごく辛かった。進学校でもそこそこやれてるはずなのに、なんで？　って、そう思ったんだよ。そのときだってミヤちゃんと私を比べて。私とミヤちゃんじゃ違うんだからしょうがないじゃん、って言葉が言えなかったんだ」

「っ、優夏っ、本当にごめん！　俺はそうやっていつもいつも……」

「ううん、今はもう大丈夫。お父さんの気持ちもわかったから、もう平気」

　私がそう言うと、黙っていたミヤちゃんも話しはじめた。

「ユカちゃんもさっき聞いていたとおり、あたしも比べられてた。『優夏はもっといい点を取れているのに、なんでお前はそんな点しか取れないんだ！』って。悔しかったよ、ホントに。あたしだって頑張っているはずなのに。それこそ、ユカちゃんと同じように、あたしはユカちゃんじゃない！　って思いながら。だからあたしはユカちゃんさえも許せなかったんだ。お父さんもそうだったけど、ユカちゃんがどんどん嫌いになっていった。今ではもう、仲直りもしたけどねっ」

　ミヤちゃんも、やっぱり私と同じように考えていたんだ。

　最後の言葉を照れ臭そうに言うミヤちゃんを見て、私の涙腺が緩みはじめる。

　あー、ダメだ。

　今日は泣いてばかりだ。

「雅……、本当に悪かった。ごめんな」

お父さんも、そう言いながら涙をこぼしはじめた。

それを見た私たちも、もう限界だった。

ミヤちゃんも、お母さんも、みんな泣いた。

「あなたはいつも話が矛盾してたのよ。それを私が言おうとしたら、『うるさい』なんて言葉で片づけちゃって。娘ふたりが、私たちの大事な娘たちが、あんなにも辛そうだったのに、私は何もできなかった。なんで気持ちをわかってあげないのって、ずっと思っているだけだった。私もあなたと同じよ。ただ見ているだけだったからっ。それに、ここ１年くらい、優夏、あなたにあんなに厳しく当たって、まともな会話すらできなかった。私が悪いのに、酷く当たり散らして。こんな私で、本当にごめんなさい」

私の目を見て言ってくるお母さんの言葉も、私の胸の奥に深く入ってきて。

ぽろぽろと、流れ落ちる涙をこらえられなかった。

お母さんの涙は、とてもキレイで。

いや、ここにいるみんなの涙が、一段と輝いて見えた。

「……っ」

言葉にしようにも何を言えばいいのかわからないし、何より泣きすぎて声すら出なかった。

お母さんがこんなに思ってくれていたことがうれしくてうれしくて……。

私は今まで勘違いしてたのかな。

お母さんは、こんなにも私たちのことを考えてくれていたのに。

お母さんは私のことが嫌いだから。

そう済ませておけば、私は悪くないように聞こえる。

一方的な思いだったけど、前までの私はそうやって逃げていた。

けど、それなら好かれようと頑張ればよかったんだよ。

もっといっぱい、こうやって話せばよかったんだよ。

お互いの気持ちを伝え合えばよかったんだ。

この１年を、私たち家族は無駄に過ごしすぎた。

１年なんて、長いようで短い。

でも、私たちにとっては長くて、すべてが変わるための１年でもあった。

今日、私はまた１歩前に進めた気がした。

言葉で表しきれない思いに突き動かされて、私はお母さんに突進した。

ギュッと抱きついて、抱きとめてくれたお母さんの腕の中で、私はいっぱい泣いた。

それを見たミヤちゃんやお父さんも私たちに抱きついてきて、家族４人でギュッと固まって散々泣いた。

大好きだよ、みんな。

大好きだ。

「「「「また……」」」」

いっぱい泣いた私たちは、誰からともなく言葉を発して。

きっとみんな、思っていることは同じ。

また……。

「「「「昔みたいに」」」」

　また声が重なって、私たちはクスッと笑い合う。

　昔みたいに。

「いいや、昔以上にだ」

　お父さんがそうつけ加える。

「どこか行こうね」

　私が言う。

「私たちの思い出を」

　ミヤちゃんが言う。

「また１から、作り直していきましょう」

　お母さんが言う。

　みんなの思いがひとつになった瞬間だった。

「再婚届……」

　お母さんが口にした言葉に、みんなが反応する。

　それって、つまり……。

「そうだな。また家族で集まろう。家族に、戻ろうな！」

　お父さんのその言葉に、私たちは何度も頷く。

　本当にまた前みたいに、いや、前以上になるんだ。

　そう思って、私はうれしさに酔いしれていた。

　このひとときが幸せすぎて、ずっとここに……この家にいたい、そう思えた。

「今日の夕飯、腕を振るっちゃおうかな！」

　お母さんが泣きはらした顔で私たちを見る。

　そうだね、こんな顔で外になんて出られないし。

　私はだいぶご飯が食べられるようになった。

　たぶん、今日はもっと……。
　今まで以上に食べられると思う。
「お母さんっ、私も手伝うからねっ！」
「私も！」
　リビングに、私とミヤちゃんの声がこだました。

## 体育祭

「さー！　いよいよはじまりました。今年も盛り上がっているようですっ！　第37回、体育祭ですっ!!!」
　アナウンスの声に、私たちは反応した。
　私たちというのは、私を含めた８人のこと。
　今ではみんなの名前を“ちゃん”づけなしで呼んでいる。
「麻菜ー、私、もう疲れちゃったよー」
「はぁ!?　もー、これだから優夏は〜」
　そうやって私たちは笑い合う。
「優夏って意外と面白い子だよね」
　ラ、ラナ……。
　それはいったいどういう……。
「褒めてるんだよ、たぶん」
　うん、アリス、全然フォローになってないからね。
「でもー、もう体育祭とか早くない？」
「ホント、ホントー」
「いつの間にか６月の上旬じゃん。ってか、６月がはじまったばかりじゃん」
「だねー。いろいろあったけど早かったなぁ〜」
　いろいろ、というのは……私のイジメのことだろう。
「あのころはホントにごめんね。あたしたち、優夏の気持ちなんてまったく考えなかったし」
「もう終わったことでしょー？　いいんだって、そんなこと。早く忘れて、私たちは仲よくしよ？　今は体育祭を精いっぱい楽しもう!!」

　私が明るく言って、みんなは「うんっ」と頷き笑う。

　私はあの日から４日たった今、みんなのいいところとか、優しさとかがたくさんわかったんだ。

　仲間思いの優しい子たちだったから、私をイジメたのも当然だとは思う。

　今はもう、終わったことだから気にしないけどね！

「ところで、優夏は何に出るのー？」

　美智留が言ってきた。

「えっとね、コスプレリレーだよ」

「あっ、あたしもそれっ！」

　沙奈恵も一緒なんだ。

　なんだか楽しみになってきたな。

「じゃあ、頑張りますか！」

　亜美のかけ声に、みんな「オー」と言って、各自の集合場所に行った。

「それでは、コスプレリレーを行いますっ！」

　私は今からコスプレリレーをする。

　恥ずかしいな……。

　どうかいい服に当たって！

　そうじゃないと死ぬ～！

　神様お願い！

　と願いを込めたところで……。

——パンッ。

盛大にスタートの音が鳴り響いた。

私は２走者目だからまだ余裕はある。

コスプレリレーは、着替えるところが運動場の真ん中にある。

そこで着替えて、またレーンに戻って次の走者にバトンを渡す。

私たちのクラスは緑色のカラーバトン。

私の前の子は……。あ、来た来た！

……って、えーー!?

私の前の子はポップな感じのビキニだった。

今のところ私たちのクラスはいちばん。

でも、あんなのを着るんだったら耐えられないよー！

「おっ、早くも緑が次の走者に代わりそうです！　それにしても、彼女のビキニ姿は最高ですねっ！」

アナウンスでそんなことを言ってもいいのかな……。

私たちのクラスの子は、かわいい子ばっかりなんだけど、私はかわいくないからなぁ。

「続いて黄色！　早い！　彼女は足が速い！　チャイナドレスが似合いますね！　キレイです」

みんながアナウンスに爆笑していると、バトンがそろそろまわってくるころになっていた！

「優夏！　はいっ！」

今、『優夏』って……。

あの日から、みんなが私をイジメないようになった。

亜美たちのおかげでもあるんだけど、みんな私と普通に接してくれている。

そして、みんなでイジメていたことを謝ってくれたんだ。

私はバトンを受け取り、走った。

更衣室に入って用意された服を見たけど……。

はっ!?

私こんなの着ないといけないの!?

ビキニとかそんな露出度の高いモノじゃないんだけど、メチャクチャ恥ずかしいよ!?

でも……と、とにかく着なきゃ。

みんなが待っているから、ね。

「んっ!?　あれは何色の組ですか!?　あのバトンは……緑!?　おおっ、とってもイケてますね！　メイド服、お似合いですね！」

ワーッと歓声が上がって、私は何がなんだかよくわからずに走る。

そう……。

私が今、着ているのはメイド服。

本当に、メチャクチャ恥ずかしい！

「美智留、はいっ」

私は美智留にバトンを渡した。

そう、じつは私のうしろは美智留だったんだ。

「オッケー、優夏、お疲れ！　似合っているよ！」

最後に美智留がわけのわからないことを言って、走っていった。

「優夏、お疲れ！」
　私の前に走っていた子が言う。
「うん、ありがとう。この服、脱いじゃダメなのかな？」
　私が言うとその子は、
「走り終わったら、誰がいちばんかわいいのか審査されるんだよ」
「え。じゃあ、私がいても意味ないんじゃ」
「はぁ。ここまで鈍感だとは思っていなかったわ。優夏が絶対に選ばれるのに……」
　その子は意味のわからないことを言っていた。
　私はかわいくないし、選ばれるわけないじゃない。
「おー！　また緑がいちばん！　速いぞ！　しかもテニスウェアだー！　ミニがたまらないっ、いいですねぇ……」
　それから延々とアナウンスの変態発言があって、最後の走者が走り終えた。
　結果は、もちろん緑のダントツ勝利！
「では、審査員の皆様お願いします！」
　そう聞こえたと思ったら、運動場の真ん中に私たちは連れていかれた。
　そして、審査員という人たちが来て、私たちを眺めたあと、審査員の人たち全員が私を指さす……。
「え……」
　なんか気持ち悪い。
「ということで、緑の富山優夏さんが選ばれました。全員一致とは前代未聞！　やっぱりレベルが高い！　緑にボーナスポイント60点をプレゼント！　それでは選手の皆さんは退場してください」

私には何がなんだか意味がわからなかったし、お父さんもお母さんも雅も見に来てるのに、恥ずかしいったらありゃしない！

「優夏、やったね！」

着替えて帰って早々、亜美がそう言ってきた。

う〜ん、やったって喜ぶべきなのかな??

ま、いっか。

それからは、亜美のパン食い競走やリレーがあって、体育祭は幕を閉じた。

もちろん、私たちのクラスはダントツで優勝!!

だけど、このときの私はわからなかった。

大切な人との別れが迫っていることに……。

# 4章
# 別れのとき

## 白い花【拓馬side】

「うっ……」
　体育祭が終わりそうなころ、俺はひとり屋上でうずくまっていた。
　苦しい。
　こんなに苦しくなったのは初めてで、自分が自分でないみたいだった。
　心臓がわしづかみにされたような。
　前はそれだけだった。
　でも……。
　今回のは明らかに前のとは違う。
　苦しい。
　苦しいの度合いが違う。
　“死にそう”な痛みだ。
　辛くて、苦しくて……どうしようもない。
「ゴホ、ゴホッ」
　あぁ、ヤバいな。
　咳(せき)も酷くなってきている。
　誰もいない屋上に、俺の咳がすごく響く。
　うるさくてしょうがない。
　まぁ、でも……大丈夫だ。
　咳なら数分で終わる。
　もう少し耐えれば。

「ゴホッ。ゴホッ、ゴホッ!!」

……っ!?

なんで!?

いつもなら、これくらいで終わるはずなのに。

咳をするたびに俺の心臓は締めつけられて。

くそっ！

もしかして……。

俺は、もう……？

嫌だ。

まだ諦めねぇ。

俺はまだ。

この瞬間、このときを“生きている”。

だから。

死のうなんて考えねぇ。

優夏。

もし……。

もし俺が……。

――バァァァァンッ!!

「拓馬っ！　私たちのクラス、勝ったよ！」

突然、扉が開いたと思ったら、優夏だった。

おかげで俺の思っていたことは遮られたから、よかった。

もし、あのままあんなことを思っていたら。

俺は弱くなってしまう。

「お、勝ったんだ。やっぱり強いな、俺らのクラス！」

咳がいつの間にか止まっていて、俺は普通に話していた。

相変わらず心臓は痛いし、息がヒューヒュー言ってしまうのは仕方ない。

我慢できなくは、ない。

何より、優夏に心配をかけたくない。

どうしてこんなことが思えるのか、俺にしては不思議。

もしかして俺は。

この短期間で、優夏が。

「……それはさすがに」

うん、うん、とその考えを打ち消していると、

「どうかした？」

と、かわいい顔して優夏が聞いてきた。

あー、ヤベェ。

もし優夏に俺の心が見えていたら。

キモい、って思われる。

うん、確実にね。

「いや、なんでもねーよ」

「そ？　ならよかった！　何かあったら言ってね。ひとりで……抱え込まないでね？」

そんなことを言ってくれる優夏は、なんて優しいんだ。

こんなに心が優しくてキレイな人は……。

この世のどこを探しても、見つかるはずない。

きっと俺の病気にも気づいているはず。

さすがに、死ぬかもしれない、とは思っていないと思う

けど……。
　でも、俺の死期は確実に近づいてきている。
「ああ、優夏がそうやって言ってくれると、すんっごく安心する。ありがとな」
　さっきは打ち消したけど……。
　こんなに優しい優夏が。
　本当は好きなんだ。
　優夏って、その名のとおりだな、と思う。
　優夏っていうのは、“優しい”と“夏”っていう意味だろ？
　だとしたら、優夏は本当に優しい夏、だ。
　優しい夏風を送り込んできてくれる、優しい夏だった。
「拓馬……」
　優夏がこっちをまっすぐ見る。
　何かに気づいているような目。
　ダメだよ、優夏。
　これ以上、俺を見たらいけない。
　あっちを向いてくれ。
　そうじゃないと、病気のことがバレそうで怖いんだ。
「ねぇ、知ってる？」
「……？」
　突然、優夏が口を開いた。
　いきなりのことに、俺は首をかしげる。
「あのね。なんでも願いの叶う花が、この世の果てにあるらしいの。でも、誰もこの世の果ては知らない。第一、この世の果てがどこなのか、わかっている人はいないもの」

　突然何を言い出すのかと思えば、そんな話だった。
　だけどそれは、興味のそそられる話。
「その花の色は、雪よりも真っ白なんだって。雪より白い白色なんて、私は見たことないんだけどね。でも、いつも想像するの。この世の果てという場所に、その真っ白でキレイな純白の花を……」
　なんでそんな話を俺にするんだ？
「ほらっ、拓馬も想像してみて。真っ白で、キレイな花を」
　言われたとおり、俺は想像した。
　真っ白でキレイな花を。
　目をしっかり閉じて。
　それは人がけっして住んでいないような、幻想的な場所。
　そこにひとつだけ咲いている、白い花。
　それは、大きくて、言うなればボタンのような花。
　パッと目を開けると、彼女が笑みを浮かべてこちらを見ていた。
「どう？　キレイだったでしょ」
「ああ。ボタンみたいに大きな花で、誰ひとりと住んでいないようなところに咲いていた。キレイだったよ。すっごく白くて」
　俺がそう言うと、優夏は驚いた顔をした。
「……私も」
「ん？」
「私もきっとそれと同じような花を想像したよっ！　私たちって、似た者同士なのかもね」

　優夏と同じことを、想像していたのか。
　すごい偶然じゃねーかな？
　俺は驚くと同時に、じつは少し……いや、とってもうれしかった。
「ボタンのような、キレイな白い花。私、これを死ぬまで忘れないよ」
　俺も……。
　言いかけた言葉をのみこんで、ほほえんだ。
　だって俺は。
　いつ死ぬのかもわからないから。
　明日、死ぬかもしれない。
　それとも、明後日？
　死にたくない。
　そう思うことは、正しいのか？
　いっそのこと死んだほうがラクになれるのかも。
　だってそーでしょ。
　こんな苦しみから逃げるには、死ぬことしかできない。
「……いなくならないでね。どこかに消えてしまいそうで怖いの。とくに最近の拓馬は。私に教えてくれたでしょ？生きろって。拓馬、私……」
　優夏が突然、話しはじめた。
　優夏は俺の病気に勘づいているんだな。
　俺の病気がどれほどのものなのかはわからねーとは思うけど、きっと優夏は俺が……。
「拓馬がいなくなっちゃいそうで、怖いの……」

　死んでしまう……と勘づいている。
「大丈夫だって。心配すんなよ。俺はしぶとく生きる奴だから、そんな心配なんて必要ないって」
「でも……」
　と言いかけた優夏の言葉を遮って、
「大丈夫、俺はまだ死なないから」
　と言っておいた。
『まだ死なないから』
　この一言が、優夏にとってどれほど響いたのかわからないけど、もっと心配させることになるとは思ってもいなかった……。

## 不安とドキドキ

　頭が痛い。
　体育祭が終わって家に帰った私は、ベッドにいた。
　腰かけようと思って座っていたけど、今は寝ないとヤバいようなそんな感じで。
　ズキズキする頭とともに、私は深い眠りについた。
『おーい、誰かいるかぁ？』
　夢の中で声がして、私は目を開けた。
　なぜかここが夢だとわかっている。
　私は焦る。
　ここはどこ？……と。
　前にも来たことあるような、そんな感じのところ。
　真っ暗で、何も見えない。
　暗い暗い道。
　でも私はここを知っていて、夢だということもわかっている。
『おーい』
　そういえば、さっきも聞こえたようなこの声。
　えっと、誰の声だったかな？
　私の頭は、夢の中ではフル回転できないらしい。
　思い出せない。
　でもこの声は、私の知っている声で。
　どうしてだか記憶に残っている声。

ハスキーボイスの男の子の声。

あぁ、誰だっけ？

とりあえず私は返事をする。

『は〜い！　あなたは誰ですか？』

そう言った私の声は、明らかに不安げで。

緊張して、喉が少し詰まる。

こんなときに、どうして!?

焦る私とは対照的に、冷静に見つめる私。

あ、この感じ。

私がふたりいるような……。

やっぱり前も、ここに来たんだ。

そう思っている冷静な私。

『人!?』

そうやって叫んだ姿の見えない彼は、もう一度、私に向かって叫んだ。

『あのー！　今どこにいますか!?　あなたの姿、見えませんよっ!?』

やっぱり彼も、私と同じ闇に？

『真っ暗で、私も見えないの。あなたの姿も、ここがどこかもわからないの！』

別段、声を張り上げたかったわけじゃない。

けど、暗闇では人間は不安になるばかりで、何もできなくなる。

この声は張り上げなくてもきっと彼に届いていた。

うん、そんなことわかっている。

　だけど……。

　誰かに気づいてもらえているか心配で、声を張り上げてしまうんだ。

　あぁ、ここがとてもすばらしいところだったら。

　無人の地で、キレイな花々が芽吹いていたら。

　何より、願いの叶う花があったら……。

　そうだ！

　あの真っ白な色の花。

　あれさえあれば！

　そう思った瞬間、私はあたりの風景が変わったことに気づく。

　さっきとは打って変わって、さっき私が想像した世界。

　キレイで、近くを流れる穏やかな小川に心を寄せる。

　サラサラと流れていくそれは、とてもキレイで私の心を浄化してくれる。

　気づくと、あたり一面、あの大きなボタンのような白い花が咲き乱れている。

　少ししてから声がした。

『おーい、なんだかさっきとまるで違うぞ？』

　そうだよね。

　よくよく考えれば、これは私の夢だ。

　少し考えればわかったことなのに……。

　私の夢なら、すべてが私の思いどおりになるはず。

　じゃあ、あの男の子は誰？

　いったん消してみようかな。

　でも消えるのかな。
『ねぇ、あなた消えてみて』
　私が声に出すと、彼が『どうやって？』と威勢よく聞いてきた。
　『どうやって』って……。私にはわからない。
　なんで彼は消えないの？
　彼はなんなの？
　ここは、私の夢の中じゃなかったの？

　やがて、
　――コツコツ……。
　と、靴音を響かせた彼がやってきた。
『ふぅ……。やっとキミに会えたよ』
　疲れをなしたような声で彼が言ったので、私はクスリと笑ってしまった。
　ほほえみを浮かべた顔で彼を改めて見ると、私は『あっ』と声を上げた。
『あなた、たしか……』
　私はそこまでしか言えなかった。
　あれ？
　彼の名前が出てこない。
　誰だっけ。
　結構、私と一緒にいてくれた人なのになぁ。
　現実の世界でも、会ったことがある。
　何度も何度も。

『キミは……』

彼もそこで言葉に詰まっていた。

私の名前は……。

え？

思い、出せない。

私は自分が誰なのかさえ、忘れてしまったの？

考えれば考えるほど怖くなって。

『ねぇ、これって私の“夢”よね？』

と、彼に聞いていた。

『わかんね……っ！　ゴホッ、ゴホッゴホッ、ゲホッ!!』

いきなりむせた感じになったから、私は『大丈夫？』と駆け寄った。

『ゴホッ……お、れ……ゴホッ、よくあるから、だ、いじょ、うぶっ!!』

まったく大丈夫じゃなさそう。

そうだっ！　あれがあるじゃない。

私の夢の中には、あれが。

……白い花が。

きっとあなたの“それ”は、病気だから。

とてつもなく重たい、病気だから。

なぜかそう考えた私は、必死になっていた。

『ねぇ、この白い花で願いを叶えて！　これがあれば、きっとどんな病気でも治るから』

彼は『ああ』と言って白い花を摘みにいった。

『これか……？』

そう言って彼が持ってきた花を見て、もう大丈夫だと安心する私がいた。

『その花に願えばいいの。病気を治してください、って』

すると彼は、目をしっかり閉じて願った。

次の瞬間、花がスウッと消えた。

彼の持っていた花が。

消えて、なくなった。

まるで花が瞬間移動したみたいに、彼の手に花はなかった。

『……っ。心臓が軽くなってく感じがする』

キミの病気は、心臓の病気？

だとしたら、あの人と似ているね。

あの人？

誰、だっけ。

あぁ、そっか。

私の唯一の男友達だった人だ。

その人も。

彼のようなハスキーボイスじゃなかったっけ？

そして、彼のような顔をしていなかったっけ？

そう思うのは、私だけかな……？

私は目を覚ました。

いつしか時間は朝になっていた。

今回のこの夢を、私は覚えていた。

しかも、しっかりと。

私の頭の中に、あのときの様子が流れ込んでくる。

あれ？

でも私、あの人の、彼の顔が思い出せないよ？

どうしてかな。

なぜだか無性に彼に会いたくなった。

そう、拓馬に。

優しくほほえんでほしくなった。

私、もしかして……。

わわわ、私が拓馬をっ、そのっ……。

す、き、だってことは……。

ない、よね!?

「おはよう、優夏」

下に下りて、まず言われたその言葉。

私はうれしかった。

だって。

「お父さん！　おはよう!!」

久しぶりにお父さんに言う、『おはよう』だもん。

お父さんが帰ってきてくれてから、私は毎日が楽しくなった。

イジメもされなくなったおかげかもしれないけど。

お父さん。

大好きです。

お母さん。

大好きです。

雅。

大好きです。

私は家族が大好きです。

別れのあいさつじゃなくって、私は幸せだな、と思って。

だからありのままの気持ちをさらけ出してみた。

家族なんて、面倒くさいものだって思っていたのに、今ではこんなに大好きで、幸せにしてくれるものなんだって気づいたよ。

それは……。

友達にも言えることで。

我慢、我慢って、私はいつもそればっかりで、友達が悩んでいたときも相談になんて乗らなかった。

私はひとりでも大丈夫、我慢できるからって、いつもそうで。

でも、本当は違ったんだ。

はっきり言えばよかったんだよ。

もうやめて、って。

私が気づくのは、いつも遅い。

だから、みんなに最悪なことをさせてしまう。

みんなは悪くないんだって、声を大にして言いたかった。

ただのすれ違いだったんだよって。

ちゃんと言わないから、誤解が解けなかったんだ。

私はまったく弱い人間だったから。

でも、今では仲間として私を輪の中に入れてくれる。

拓馬のことだってそう。

ねぇ、拓馬。

私は気づけない人だから。

拓馬が本当のことを話すまで待っているから。

だからどうか……私に教えてよ。

その病気のこと。

いったい、なんの病気なの？

その病気は治るの？

私なんかには関係ないかもしれないけど、私はね……。

友達だから、悩みも、相談も、グチも、辛さも。

全部分かち合いたいって思うんだよ？

大好きで、大切な友達なんだから。

拓馬は今、どう思っているの？

私、もうダメかもしれない。

拓馬の友達、できなくなるかもしれない。

拓馬のことを考えると胸がキュッとして、ドキッとして、すっごく心臓に悪いんだからっ。

私は朝食を食べながら、そんな気持ちともんもんと戦っていた。

拓馬はさ。

私のそばから離れていったりしないよね？

私はまだ……。

ううん。

ず〜っと拓馬の隣にいたいよ？

だって、拓馬は……。

私、拓馬のことになると考えすぎちゃうね。

私はわからないよ、拓馬。

いなくなってしまわないか不安だよ。

でも、それと同じくらい私は拓馬のことが。

この気持ちに名前をつけるとしたら、きっと……。

“好き”っていうやつ。

そっか。

じゃあ、私は拓馬が好きなんだ。

## 怖い【拓馬side】

最近怖い。

俺がいなくなっちゃいそうで。

意識が飛ぶことだって多くなったし、学校では安定剤がないとやっていけない感じ。

今、6つの薬を併用して飲んでいる。

俺、このままで大丈夫かな。

前、主治医にも怖いことを言われたし。

『拓馬くん、もうすぐだと思ってくれ。キミの命を守るためここまで頑張ったが、もうそろそろ……。覚悟はしておくべきだと思う。私からは何も言ってあげられないが』

そこまで言うと、先生はこう続けた。

『延命治療をしたいかな？』

と……。

俺は迷った。

でも、あれだろ。

延命治療とかって、寝たきり状態なんだろ？

俺はそこまでして、“生かされる”のは嫌だ。

だからもちろん、その話は断った。

両親にも迷惑をかける。

そんなのは嫌だから。

個人的な意見だけど、俺は、延命治療は“生きる”ということじゃないと思う。

ただ、肉体が“俺”の状態で生かされているだけで、そんなのは俺じゃない。

心がなければ生きていないも同然。

そんな中で生きることはできない。

両親もそんな意見に了承してくれた。

けど、優夏はどうするんだろう。

俺がいなくなっても大丈夫なのか？

そこまで心配しなくてもいいとは思うが、内心怖い。

優夏の命は俺が無理やり“守った”から。

守ったなんて、そんなカッコいいもんじゃない。

救ったのでもなければ、無理やり“生きさせた”んだ。

だから、どうか優夏が、俺がいなくなった世界でもやっていけますように。

優夏にはこの病気のことは言わない。

というよりも、“言えない”んだ。

ごめん。

俺には言えないよ……優夏。

「おはよう、拓馬」

ニッコリ笑って俺にあいさつをしてきた優夏。

笑顔が柔らかくて、ついつい抱きしめたくなる感じ。

そうだな、今はこのひとときを大切にしないといけない。

「おはよう、優夏」

俺も何もなかったようにあいさつする。

実際、優夏にとっては何もないんだし。

心配はいらない。

薬も優夏の前では控えよう。

……っ、なんで俺こんなに優夏を意識しているんだ？

やっぱり、"好き" なのかな？

きっとそうだろうけど、優夏に告ろうなんて思わない。

だって俺は……。

いつまで生きられるかわからないんだから……。

そんなんで優夏の将来を奪うなんて、もってのほかで、俺なんかに縛られるなよ、と言ってしまいたいくらい。

でも、俺は生きる。

まだ、この命が続く限り。

生きて、生きて、生き抜いてやるんだ。

それで優夏の隣で笑って、ただただ楽しい１日を送ればいい。

日常を、これ以上崩さないでくれないか？

もう、誰かの泣く姿なんて見たくないから。

優夏を見守って生きる。

俺は優夏が "好き" だから……。

この気持ちが優夏に届かなくたっていい。

優夏と一緒にいられたらそれでいい。

酷い咳でも、耐えられる。

心臓がわしづかみにされるくらい痛くたって、俺は絶対に……しぶとくこの世界に残ってやる……。

# 束の間の幸せ

『優夏、今日の放課後、空けといてな』

　そう言われたのは、私が朝、学校に来てすぐだった。

　そのときの拓馬はどこか深刻そうな顔をしていて、私は何も言えなかった。

　ただうなずいて、自分の席についたんだ。

　今は昼休み。

　拓馬のあの表情を見たら、なんだか一緒にいるのが気まずく感じちゃって……。

　私は亜美たちと一緒にいる。

　私の机を囲むように、８人で。

「ねえ、優夏と安西くんって、どうなの？」

　亜美の突然の言葉に私の頭の中は真っ白になっていき、思わずフォークを落としそうになった。

「うんうん、あたしも気になってたことなんだよね〜」

　アリスが、ずいっと顔を寄せて言う。

　『どうなの？』って、恋人とかじゃ、ないし……。

「私と拓馬は……別に普通の友達、だけど？」

　そうだ、私たちはいたって普通の友達。

　亜美たちと同じくらいの仲のよさ……ううん、それ以上かもしれない。

　だけど、“それ以上”だったとしても、友達であることに変わりはない。

するとさ……。

「てっきり彼氏かと思った」

なんて言うラナ。

か、彼氏!?

ラナの言葉に、ぶわぁと顔に熱が集まる。

や、やめてよ。

拓馬は、か……彼氏なんかじゃ、ないもん。

「ち……違うよ！」

「なーに赤くなってんのっ、優夏ちゃーん？」

「ホント、顔が真っ赤」

「キャー！　こっちまで照れる〜！」

なんて言いながら、ニヤニヤして私のほうを見るみんな。

もう、本当にやめて〜。

「だから違うんだって、拓馬は……」

「ちょっ、なになに〜？　下の名前で呼んでるけど〜？」

私の言葉を遮り、美智留がすかさず冷やかす。

その言葉に、みんなが「キャー!!」と盛り上がりはじめた。

「……」

違うって言っているのに、なんでこうなるの。

まぁ、楽しそうだからいいんだけどね。

それからみんなが昼食を食べ終わるころには、いつの間にか話題は変わっていた。

私がホッとしながら、まだ熱いままの顔をパタパタと手であおいでいると、

「優夏、あとで話したいことがあるんだけど」

　突然、そう小声で言ってきたのは凜。

「え、話？」

「そう、２人で話したいんだぁ」

　ってことは、ここでは言えない話だよね？

　なんだろう……。

　私、何かしちゃったのかな？

　思い当たる節は、まったくといっていいほどないんだけどなぁ……。

「んー、わかった」

　私はそう思いながら返事をして、再びみんなと話しはじめたのだった。

　女子が８人もいると、話が途切れることはない。

　恋愛、芸能人、テレビ番組、学校、ファッション、メイク、食べ物……。

　誰とはなしに次から次へと話が出てくる。

「……それでさぁ、アイツがぁ～」

　そして、麻菜が話しはじめたときだった。

「優夏、すぐ終わるからちょっと来て」

　そう言いながら、凜が私の手を引っ張った。

「えっ!?」

　『あとで』って、今なの!?

　急すぎるんだけどっ。

「もう、危なっかしいなぁ」

　バランスを崩しながらもなんとか立ち上がった私を見て、ぶつぶつ呟いている凜。

そして、凛はみんなのほうを見ると、
「ちょっと優夏を借りてくね～」
そう言って、再び私の腕を引っ張った。
「じゃ、またあとでね」
そして、私が凛に腕を引っ張られながらみんなに言うと、
「はーい、次は確か移動だから、急いだほうがいいよ～」
「遅れたらノートとか取っておくから、心配しなくていいからね」
「気をつけてね～」
みんなが笑顔で、言葉を返してくれる。
なんだか、あのイジメられていたころが嘘のように思えちゃう。
友達なんだって……そう改めて実感したら、胸がじんわりと温かくなるのを感じた。
でも、誰も『２人だけで何するの？』とか『なんで、あたしらは抜きなの？』とは言わない。
みんなならば絶対に言いそうなのになぁ……。
ぼんやりと考えていると、
「ほーらっ、行くよ！」
と、また凛に引っ張られてしまった。

教室を出てすぐに腕を離してくれた凛は、「ついてきて」と言いながら歩き出す。
少しすると、ひとつの空き教室が見えてきた。
ここ……に、入るのかな？

私の予想は当たっていたようで、凜が中へと入っていく。

私も入ってドアを閉めると、凜が話しはじめた。

「ねえ、優夏。直球に聞くけどさ、安西くんのことが好きでしょ」

「……っ!!」

断定するような口ぶりに、私は思わずうつむいた。

なんで、わかっちゃうの？

なんで？

私がなかなか出せなかった答え、を……。

「大丈夫だよ、優夏」

「……っ」

優しく諭すように言ってくれる凜だけど、何を根拠に私が拓馬を好きって思ったの？

私、そんなにわかりやすい態度をとっていた？

ってことは、凜だけじゃなくて、クラスのみんなも気づいているってこと？

私、怖いよ。

この気持ちを認めるのが……。

拓馬に、この気持ちを知られるのが……。

もし私の気持ちを知られて、避けられたり振られたりしたら、今のような友達関係には絶対に戻れない。

拓馬と気まずくなるんて嫌だよ……。

また、最悪な状況が思い浮かぶ。

でも、いい方向になんて考えられない。

ところが、凜からは思いがけない言葉が飛んできた。

「あたしさ、最近まで優夏に最低なことしてて……それで優夏のために少しでも何かできればって、ずっと思っていた。あたし、みんなに流されちゃうとこあるけど、優夏は前に言ってくれたじゃん。『それって、流されているってことじゃなくて、たまたま自分で決めたことがみんなと同じだったってだけじゃない？』って」

「……」

「その言葉に、すごく救われていたんだよ、あたし。最近の優夏、何かに悩んでいるように見えたから、何かしてあげたくて。優夏はなんでも溜め込むから、あたしでよければ助けになりたいなって思ったんだ」

「……」

　なんで、そんなに私のことを考えてくれるんだろう。

　うれしくて、ちょっぴり照れくさくて……。

「じつはね、みんなで『最近の優夏、様子がヘンだね』って、ずっと言っていたんだ。その聞き出し役がジャンケンで勝ったあたしってことだけどね」

「え……!?」

　みんなも考えてくれていたんだ。

　だからみんな、私と凛が席を外しても何も言わなかったのか……。

　改めて、みんなの優しさを実感する。

　でも、そんなに様子がヘンだったのかな？

「ほら、言ってみてよ。ここだけの秘密にしてほしいなら、別にあたしは口外なんてしないから」

きっぱりとカッコよく言ってくれた凜に、私は言う決心を固めた。

「ありがとう、凜」

顔を上げて、しっかり凜の顔を見る。

「……私、拓馬のことが好きなんだ。けど、けどね……」

だけど、やっぱりここで言いよどんでしまう。

もしかしたら、拓馬は病気かもしれない。

でも、これはあくまで私の勝手な推測だし、たんに言い訳にしかすぎない。

だから、今ここで凜に言うわけにはいかない。

本当は拓馬に振られるのが、拓馬が私から離れていくのが怖いだけなんだ。

ちょっとした覚悟を決めて、私はゆっくりと口を開いた。

「……どうしたらいいのかわからなくて……。拓馬が好きだって認めてしまったら、何かを失いそうな気がして怖くて、ひとりで考えるのも苦しくて、もうどうしていいかわかんないよっ」

「やっと言ってくれたね、その言葉」

「え？　その言葉？」

私は首をかしげながら凜の目を見る。

凜は優しげな笑顔を浮かべて私を見ていた。

「そう。今、優夏が言った『どうしたらいいのかわからなくて』だよ。どうしたらいいかわからなくなったら、いつでもあたしたちに相談しな。ひとりで抱え込んだって、苦しくなっていくだけだよ」

「……っ!!」
「遠慮なんていらないから、いつでもあたしたちを頼ってよね。まぁ、頼りになるかわかんないけどさ！」
　そう言って、「あはは」と照れくさそうに笑う凛。
　そんなこと言われたら、頼っちゃうよ、みんなを。
　私は、じんわりと目頭が熱くなるのを感じた。
　そして込み上げてくる涙をこらえながら、精いっぱいの笑顔を見せて言った。
「うん、わかった。本当にありがと……」
「でもさ、優夏と安西くんって、なんか自然だよね」
「自然……？」
　凛の話の意味がわからなくて、首をかしげる。
　私、理解力ないのかな？
「うん、だって美男美女だし？」
「は？　誰が？」
　思わず大声を上げてしまい、凛が体をビクッとさせる。
　だって、拓馬は美男だったとしても、私が美女なんてありえないもん！
「ま、まあさ、とにかく優夏は言ってみたらいいんじゃない？　思っていることを、あたしらや安西くんにも全部ぶちまけちゃえ」
「ぶ、ぶちまけるって……」
「だって安西くんも、ねぇ……」
　そう言って楽しそうに笑った凛。
　だけど、また言葉と笑顔の意味がわからず、私は首をかしげたのだった……。

なんとか5時間目のはじまりに間に合った、私と凛。
眠たい目をこすりながら授業をやり過ごす。
そして……。
「さようならっ」
「ばいばーい」
「また明日ね」
早いものでもう放課後だ。
「優夏、行くぞ？」
優しい拓馬の声に、私は緊張しながらもうなずいた。
凛にさっき言われた『ぶちまけちゃえ』を、頭の中から消し去ろうとしても無理だった。
そのせいか、2人で並んで帰るのはなんだか酷く緊張してドキドキが半端じゃない。
ドキドキなんてかわいらしいモノじゃない、バクバクしている状態で教室を出た。

「ほら、入ろ」
気づけば、いつの間にかそこはハンバーガーショップで。
私こんなに歩いたっけ？
そう思いながらも、ゆっくりと足を店内へと進める。
教室を出てからここに来るまで、拓馬と何を話したのかまったく覚えていない。
ヘンなこと言ったりしてないよね？

そもそも、ちゃんと受け答えできていたの？

また不安になりながらも、拓馬のあとに続いて席へと向かう。

「で、あれからどうなった？」

「あれから？」

「そ。前ここに来て以降のこと。みんなと和解できたのか？」

テーブル席に座った私に問いかけてきた拓馬。

和解って、家族のこと……だよね？

「和解できたよ。お父さんが家に帰ってくるようになったし、お母さんも妹も、本当は私のことを考えてくれていたってことがわかったんだぁ」

そう言った私に、拓馬は優しいほほえみを浮かべていた。

キュッと胸の奥が小さく鳴る。

拓馬はそんな私に気づかない。

気づいてほしいけど、気づいてほしくない。

そんな葛藤が、ぐるぐるぐるぐると渦巻いている。

「よかったな、優夏」

「ふふ、これも全部、拓馬のおかげなんだから」

そう言うのが精いっぱいだった。

「そっか。まあ、飲み物でも頼もう」

「うん。私、いつものがいい、かな」

ちょっとわがままだったかな？

すると拓馬も、私と同じものがいいって言ってきた。

いつものことなのに、恥ずかしいよ……。

なかなか慣れない。

「メロンクリームソーダ、２つください」
　拓馬が、近くにいたウエートレスに注文する。
「はい、かしこまりました」
「はい」
「もしよろしければ、こちらのセットはいかがでしょうか？」
　そう言われて、ウエートレスが指差すメニューを覗き込んでみると……。
「えっ!?」
　ギョッとして、思わず声が出てしまった。
　だって、そこには【カップル限定のデザートセット】と書かれていたから。
　【カップル】という文字に、目がチカチカする。
　私たちカップルじゃ……。
「じゃあ、それでお願いします」
　た、拓馬──っ？
　私たち、カップルなんかじゃないよ？
「かしこまりました。では、カップル限定のデザートセットをおひとつで」
　ウエートレスは注文を確認すると、困惑している私を置いて厨房（ちゅうぼう）のほうへと行ってしまった。
　えっ、えっ？
「なんでそんなの頼んだの〜」
　私が聞くと、
「だってオススメされちゃったし……って嫌？」
　不思議そうな……きょとん、とした顔で答える拓馬。

「っ、嫌じゃない、けど……」

　嫌じゃない。

　うれしさすら感じる。

　でも、でも、恥ずかしいしっ。

「じゃあ、いいじゃん。お得なんだし」

　お得……。

　その一言にハッとする。

　もしかして、『カップル』って言葉に過剰に反応していたのは私だけだったの？

　拓馬は、“お得”だったから頼んだだけ。

　だから拓馬は、私が慌てているのを不思議そうな顔で見ていたんだ。

　恥ずかしすぎる!!

「お待たせいたしました。カップル限定のデザートセットになります」

　テーブルにやってきたのは、2つのメロンクリームソーダと、バニラアイスがひとつ。

　クリームソーダにもバニラアイスが入っているのに、またバニラアイスって……。

　しかも、ハンバーガーショップで頼むメニューじゃないよね。

　でも、ミントの葉がちょこんと添えられているバニラアイスは、とてもおいしそうだった。

　だけど、私はあることが気になりまじめる。

　なんで、アイスはひとつなの!?

ひとりにひとつじゃないの？

しかも、スプーンも１本しかない。

【カップル】という言葉に目が行きすぎてメニューの内容を見ていなかった私がいけないんだけど、なんかヘンなメニューだなぁ……。

「あの、スプーンもうひとつください」

そんなことを思いながら私がそう言うと……。

「いえ、こちらはカップル用のメニューですので、スプーンはおひとつになります」

という言葉を残し、ウエートレスは別のテーブルに行ってしまった。

嘘でしょっ？

拓馬とひとつのスプーンで食べろってこと？

恥ずかしすぎる……。

「なんでスプーンがひとつなの……」

小さく呟いたけど、隣の拓馬がクスリと笑うくらいの効果しかなかった。

ふんっ、もういいし。

私だけこんなに恥ずかしがっているのもおかしいよね。

「ほら、乾杯しよ？」

なんで乾杯かはわからないけど、拓馬に乗せられてクリームソーダで乾杯する私たち。

「は〜〜っ、うまっ」

喉が渇いていたのか、ぐいぐいと飲んでいく拓馬は本当においしそうな顔をしていて。

　今はこの笑顔が見られるだけでいいや、そう思えた。

「うん、ホントにおいしいね」

「ああ。あ、バニラアイスも溶けるから早く食べろよ」

「え、いいの？　じゃあ、いただきます」

　パクリパクリ、とバニラアイスを食べる私。

「拓馬もはい、どーぞ」

　そう言ってスプーンですくったアイスを拓馬の口の前まで持っていけば、パクリとアイスを食べる拓馬。

「んっ、うまいな」

　唇の端についたアイスを舐め上げる拓馬がカッコよすぎて、ドキドキが止まらない。

　思わず見とれてしまう。

　お、落ちつけ、私……。

「うわぁ、あのカップル、“アーン”してたよぉ？　あたしたちもしよ～」

「ははっ、アーン」

「おいしっ？」

「うまい」

　なんて声が、どこからか聞こえてきた。

　恥ずかしくて声がしたほうを見ることはできなかったけど、近くにカップルがいるのだろう。

　無意識で拓馬に“アーン”しちゃったけど、今さらながら恥ずかしい……。

　顔に熱を帯びるのがわかった。

何気なく拓馬を見ると、拓馬もその声を聞いたようで、私のほうをちらりと見ながら顔を赤らめている。

「……」

私たちの間に、一瞬の沈黙が漂う。

そんな顔しないでよ……。

恥ずかしすぎて気まずいし……。

何か話さないと！

そう思い直して、私は話しはじめた。

「そっ、そうだ拓馬。なんでここに連れてきてくれたの？」

「前の約束を果たしに、な」

そう言った拓馬は、なんだか苦しそうに見えて。

だけど今、私がどうこうしてあげられるようなちっぽけな苦しみなんかじゃない。

表情から、そんなふうに思えた。

「そ、っか。何かあったらまたここに来ようね」

「ああ」

ほほえみ合った私たちは店を出て、仲良く並んで帰り道を帰りはじめた。

# 大好きだよ

　もうすぐ夏休み。
　最近、拓馬が辛そうな顔をする。
　私といるのが嫌ではないらしいのだけど、何かを我慢しているような。
　そんなに頑張らなくてもいいのに。
　何をかはわからないけど。
　それでも大変なことなんだってことくらいわかる。
「ゴホッ、ゴホッゴホッ！」
　屋上に向かう階段の途中だった。
　突然、聞こえた拓馬の咳込む音。
　私は急いだ。
　階段をこの上ないくらいの速さで駆けのぼる。
　――バァァアアン。
　勢いよく扉を開けた私に驚いた拓馬が私を見る。
　拓馬？
　何か隠しているでしょ。
　私にはわかるんだよ？
「ねぇ、拓馬……。私に何か隠してるでしょ」
「俺は……ゴホッ……っ」
　拓馬!?
「ちょっと、大丈夫？　風邪引いちゃったの？」
　私はとっさにそう言った。

本当はわかっていたんだけど。

きっと病気のせいだって。

ただ、拓馬は私に隠しているから、私も何も言えないんだけど……。

本当は結構、気になっているんだよ？

ただ、消えてしまいそうで、怖いから聞けないだけ。

ねぇ、拓馬。

少しは頼ってよ。

私を。

「ゴホッ、ゴホッゴホッ！」

拓馬の咳がさっきよりも酷さを増してきた……気がするのは、私の気のせい？

拓馬、顔が真っ青だよ？

私はどうすればいい？

このまま黙って見ているの？

それなら、話してよ。

苦しいなら苦しいって、辛いなら辛いって、ちゃんと言葉にしないとわからないんだよ？

ジリジリと焼けるような暑さの中、自分の体を冷や汗が流れていく。

「拓馬っ！　苦しいなら、辛いなら、私を頼ってよ!!　じゃないと私……っ」

「ふぅ……。俺ならもう大丈夫だよ、優夏。心配なんていらないって。だから……」

そう言って拓馬が私に寄りかかってきた。

いや。

正確に言うと、倒れた。

「たっ、拓馬ぁーーー!!!」

私はバカみたいに大声を上げた。

「だい、じょうぶ、だって。ごめん、びょうい、ん……。あと、ゆうか、にわたしておきたいもの、が……」

私は、拓馬のために救急車を呼んだ。

拓馬の疲れたような荒い息が伝わってくる。

拓馬は、「はい」と言って私に手紙を渡してきた。

「な、何これ!?」

「おれが、しぬ、まであ、ける、な」

おれがしぬまであけるな？

俺が死ぬまで開けるな？

拓馬、まさか死ぬ気!?

「拓馬っ、ダメ！　拓馬はなんとしてでも生きるのっ!!」

私の声も今は届いているのかわからない。

「倒れた方は!?」

すぐに駆けつけた救急隊員。

「こちらの方ですね!?」

そう言うと、いそいそと担架に乗せて運んでいった。

私はただうしろをついていくだけ。

どうか拓馬が死にませんように……。

お願いだから、生きて……。

やっと拓馬のことが好きだと、大好きだとわかったのに、私はこのまま気持ちを伝えることもせずにあなたが去っていくのを見るの？

嫌だよ、そんなの。

私はあなたが……。

あなたにたくさんのことを教えてもらった。

そんなあなたが死ぬなんて、許さないからね？

人生って、不公平だよ。

だって……。

こんなにも生きたいと思っている人がいるのに、そうさせてくれないんだからっ！

「拓馬、頑張って」

私は必死に拓馬に呼びかける。

手には手紙を握りしめたまま。

救急車の中は意外にも広く思えた。

とにかく心臓マッサージをして、とにかく人工呼吸。

ときどきＡＥＤを使って、心臓に衝撃を与える。

目には見えないけど、それでも衝撃はあるらしい。

「拓馬！　目ぇ覚ましてよぉ」

私の声は、聞こえていないのかな？

ああ、あのときの夢みたいに白い花は出てこないの？

拓馬。

病院につくまでの長い時間、私は拓馬にずっと呼びかけた。

反応はこれっぽちもしてくれない。

「拓馬！　私は拓馬のことが大好きなの！　だからっ、生きてよっ!!」

私のこの言葉とともに、病院についた。

「あのっ、拓馬は!?」

救急隊員に尋ねる人。

細かに事情を説明する救急隊員さん。

ん？

この人、誰？

「あなた、拓馬につき添ってくれたの？」

「あ、はい」

「ごめんね、ありがとう。……あ、私は拓馬の母です。本当にありがとうね」

「いえ、そんな」

この人、拓馬のお母さんなんだ。

「あのね、拓馬の命、いつまで持つかわからないの。もしかしたら、今日……」

「そんなこと言ってちゃダメです！　今は拓馬を信じてあげなきゃです。私たちにできることは、それくらいですから」

そうだよ。

今は拓馬を信じることしかできないんだよ。

待っているから。

「……ええ、そうね。よかったらあなたも一緒に病室にいてくれないかしら」

「え、いいんですか？」

「当たり前じゃない。あなたは拓馬を大切に思ってくれているみたいだし、ね？」

えー！　バレていたの!?

私が拓馬を好きだってこと。

「じゃ、じゃあ……」

「ええ、ぜひそうして」

大好きです。

拓馬が。

だから生きてよ。

こんなにも願っているんだから。

あ、あとね。

私が前に見た夢に、男の子が登場したじゃない？

きっとあれは拓馬だよ。

だって、優しそうな顔をしていた気がするもん。

それにね……。

ハスキーボイスだったから！

拓馬は夢で“白い花”に願ったでしょ。

だから、生きられるはずだよ。

病気だってなんだって。

あなたなら、やっつけちゃうんでしょ？

私は拓馬のお母さんと一緒に病室に入った。

## ありがとう【拓馬side】

体が重い。
動かない。
意識の片隅に、救急隊員が見えた気がした。
気のせいか？
優夏。
正直、怖い。
最近の体のだるさといったら、前以上に酷くなっている気がする。
心肺蘇生をしているような重みはあるのに、俺はなんでビクともしないんだ？
指が、動かない。
手が、動かない。
腕も、動かない。
足も、動かない。
腿も、動かない。
どこも、動かない。
俺は、死ぬのか？
でも、何も感じない。
痛い、と思うことさえできない。
感覚が、麻痺している。
立とうとしても立てないし、息をしようと思っても息ができない。

いつからこんなにできないことが増えたんだ？

今日だって、まだこんなことくらいできていた。

優夏が来たときだって冷静だったし。

手紙は、渡せたし。

俺が死んだときに開けて、って言ったけど、もうそろそろ開ける時期かもしんない。

俺、もう限界かも。

重たい瞼（まぶた）を開けたときだった。

最初に瞳に映ったのは、優夏だった。

次に母さんが目に映り、主治医が見えた。

「た……拓馬!?」

突然の大きな声に驚いたものの、俺は冷静だった。

優夏に、心配させて悪かったな、と言おうとした。

だが、俺は酸素マスクがしてあるのに気づいた。

これじゃあ話せないし。

どうしろっていうんだ？

「拓馬くん、今からでも遅くない。延命治療をしよう」

ヒュー、ヒューと息をしながら、母さんに話させるように顔をやった。

「あぁ、私が話します。拓馬は延命治療までして、生き長らえたくはないんです」

それに、と母さんが言う。

「拓馬は、自分が自分じゃないような感じがして嫌なんですって。肉体だけが自分と言える唯一のモノになりたくない、って。私たちもそれを聞いて納得したんです」

母さんは涙を浮かべながらも俺を見た。

「そうですか……。では、拓馬くんの意思を尊重します」

延命治療をして、死なない体が手に入るなら俺はやる。

でも、死なないわけじゃない。

病気も治らない。

肉体が腐ったら終わりじゃねぇか。

そこまでして生きようなんて思わないし。

俺、もうすぐ死ぬな。

こんな感じだったら、マジで。

もちろん死にたくないけど、な。

でも、今だって心臓にすごい圧力を感じる。

握り潰されそうな感覚。

「拓馬。私はこの手紙は開けないよ」

それがどういう意味かわかった俺は、首を横に振った。

ダメだ。

俺が死んだら絶対に開けないと。

俺の素直な気持ちがつづられているそれを。

「だって、拓馬が死ななかったらいいだけでしょ？　じゃあ、頑張って生きようよ、ね？」

俺の目からこぼれ落ちる水滴に、俺は顔をしかめながらも、「ありがとう」と呟いた。

優夏、でも俺は死ぬ。

死にたいからじゃなくって、運命が俺を殺すんだ。

なんで運命は“変えられない”んだろうな。

運命が変えられれば、きっと。

俺も、それ以外の人たちも。

誰ひとりとして死ななくていいのに。

だけど、そのときはついに来た。

俺の父さんが病室に入ってきたときだった。

俺は急に胸が……、心臓が止まった感じがしたんだ。

酸素マスクから入ってくる空気も吸えなくなった。

そのとき、痛みが感じられなかった。

代わりにたくさんの思い出が流れ込んできた。

家族で行った遊園地、優夏と出会ったときのこと、たくさん話したときのこと……。

すべてが新鮮で、すべてが懐かしかった。

思い出は走馬灯のように流れてきて。

思い出の波が俺をさらっていく。

そして最後に見えたのが……。

優夏と、あの白い花だった……。

# 今まで、ありがとう

「いっ、いやぁぁぁぁああああ」
　どうして!?
　どうして逝っちゃうの!?
　嫌だよ、私、私……。
　私、これからどうすればいいの？
　ねぇ、拓馬？
　返事してよ！
　私、拓馬が死んでないってわかっているからさぁ。
　……っ！
　なんでなんにも言ってくれないの？
「たく、まぁ……ヒック」
　無性に泣きたくなって、私は泣いた。
　泣きまくっても、涙は消えることなく。
　拓馬、私。
　拓馬に気持ちも伝えていない。
　“好き”って、言っていない。
　拓馬がいなくなったのは、一瞬だった。
　拓馬のお父さんらしき人物が入ってきたと思ったら。
　直後、力尽きたように拓馬が意識を失った……。
　私は見ているだけだった。
　ついさっき病院に来て、それからしばらくして、拓馬のお父さんが来て……。

　そのあとすぐに拓馬がいなくなったなんて、死んでしまったなんて、考えたくないよ!!

　どれくらい泣いていたのだろう。
「ねぇ、優夏ちゃん」
「ヒック……は、い……っ？」
　拓馬のお母さんに呼ばれて、なんとか返事をしたけど、聞こえているかどうか……。
「さっき、手紙がどうとか言っていたわよね？　その手紙、見せてもらえないかしら？」
　手紙……。
『俺が死ぬまで開けるな』
　って言われたやつだ。
　私は無言で渡した。
　淡い青色の封筒を……。
　ゆっくりと開けるおばさんの手は、すごく震えていた。
「読んでもいいかしら？」
「……はい」
　私が答えると、彼女はゆっくりと目を通した。
　そして、３枚目くらいに目を通していたとき、おばさんが急に声を上げた。
「タカヤ！　私たちのことが書いてある。ほら、ここよ、見て！」
　『タカヤ』と呼ばれた拓馬のお父さんであろう人は、おばさんが指さしたところを見たら、急に泣き出した。

　声は出さずに、ただ泣いていた。

　私は初めて男の人が流した涙を見た。

　その涙はキレイで……。

　いつの間にか、ふたりは一緒に泣いていた。

「っっ、ごめんなさいね、ありがとう。これはやっぱりあなたに宛ててあるのね。しっかり読んでやってくれないかしら」

「はい」

　私は答えると、渡された手紙に目を通しはじめた。

---

　優夏へ。

　これを見ているってことは、俺はいないんだよね。

　ただし、忠告を守っていれば、だけど。

　でもな、泣かないでほしいんだ。

　寂しい、って思っているのかわからない。

　けど、泣いてほしくないんだよ。

　優夏っていうのは優しい夏なんだから、笑っていないと。

　俺、優夏の笑顔がいちばん好き。

　手紙でしか言えないけど、俺は優夏が好きなんだ。

　嘘だ、とか思っただろ？

　今となっては確かめるすべもないからなぁ。

　死ぬってわかっていて誰かと付き合うなんて、俺にはできないし。

とにかく優夏。

今を生きて、乗り越えろ。

イジメのときだって、いつの間にか乗り越えていた。

もう死のう……だなんて考えんなよ？

命令する感じになったけど、本当のことだから。

優夏と出会ったこと、俺にとっては誇りなんだ。

優夏と出会えたから、俺は今まで生きていけた。

優夏も、俺と出会えてよかった？

もしそうなら、うれしい。

俺の病気に勘づいていただろうけど、何も言わないでくれてありがとう。

この封筒の中に、俺の写真があるんだ。

よかったら、もらってくれないか？

あと。

ひとつだけお願いがあるんだ。

手紙は３枚あるけど、優夏の手紙は２枚だけ。

あとの１枚は両親のなんだ。

だから、俺の父さんと母さんに渡してくれないかな。

いつでもいい。

もしよかったら、だから。

ごめんな。

でも、自分で渡すのは照れ臭いだろ？

母さんなら泣きかねないし。

ごめんな、優夏。

ありがとう。

優夏を愛している。

優夏は、ほかの奴とちゃんと結婚しろよ？

好きな奴ができたらだけど。

じゃあな。

拓馬より

---

拓馬、わかっていたんだ。

私が病気に気づいているって。

私が聞きたそうにしていたからかな？

拓馬！

愛しているってことは、現在形だから今も……ってことだよね？

私だって拓馬を愛しているんだから。

拓馬は……ちゃんと私のこと考えてくれていたんだ。

ほかの奴と結婚しろ、って……。私は結婚するつもりなんてないんだけどなぁ。

私、決めたよ。

さっき教えてもらったけど、拓馬って心臓の病気だったんでしょ？

私、お医者さんになって、拓馬と同じ病気で苦しむ人たちを救ってあげたいの。

拓馬のように死なせないから。

絶対、死なせない。

私はこの日、拓馬に誓ったんだ。

「この手紙、大切に取っておきます」
泣きやんだ私の声は、はっきりとしていた。
拓馬の両親はパッとこっちに目を向ける。
「……そうだ、ひとついいかしら」
「はい」
「拓馬、あなたのことが好きだったようだから……。いつでもいいから、よかったら家に遊びに来てちょうだい。といっても、私も優夏ちゃんが気に入ったからだけど。どうかしら、優夏ちゃん」
私が、拓馬の家に？
拓馬のお母さんは、私を気に入ってくれたんだ。
じゃあ。
「はい！　喜んで！」
「ふふ、よかったわ。家の地図を描くから、ちょっと待っていてね。何年でも、何十年でも来てちょうだい」
そのおばさんの言葉に、私の胸に熱いモノが込み上げてきた。
「うう、はい……」
うれしかった。
ただ。
いつでも来ていい、って言葉。
そして、何年たっても来ていいって言葉。
おばさんは、サラサラッと地図を描いて私に渡してきた。

「はい、汚くてごめんなさいね」
「いえ。ありがとうございます！　おふたりのことは、なんとお呼びしたらいいですか？」
　私が、おばさんと呼ぶのでは呼びにくいな、と思って聞いてみると、
「ああ、ごめんね。名前を言うのを忘れていたわ。私は安西史江（ふみえ）。こっちが、主人の安西タカヤ。よろしくね、優夏ちゃん」
「……っ、はい！」
　拓馬、大好きです。
　今まで、ありがとう。
　でも、これだけは覚えておいて。
　拓馬は私の心の中で、ず～っと生き続けます。
　拓馬の写真は、何かに入れて持ち運べるようにするよ。
　お守りみたいだから。
　私を守ってくれるような。
　拓馬、本当に大好きだよ。
　今まで、本当にありがとう。

# 5章
# それぞれの未来

## 10年後

あれから10年。
みんな、大人になった。
結婚式にも何回も行った。
でも……私は結婚していない。
今の仕事はやりがいがあって、まだ結婚……という感じがしない。
でも、毎日がとても充実している。
これも全部、拓馬のおかげなんだよ……。

「ドクター！　新しい患者です！」
「えぇ、わかった。オペの用意を急いで！」
「はい！」
私は今、心臓を主に診る医者になった。
毎日毎日、『ドクター』と呼ばれている。
あの日から７年後、24歳で医者になれた。
そしてさらに３年がたち、今の私がある。
拓馬はいなくなった。
あの日を境に。
心臓が弱くて、肺まで血液がまわらなくなっていた。
今の私だからわかること。
拓馬が消えたとき、わかったの。
悲しむ人は大勢いるってこと。

誰かひとりは絶対に悲しむこと。

だから、絶対に誰ひとりとして死なせない。

誰も死なせたくない。

そんな強い思いに溢れ、医者を目指したあのころの自分。

今は夢が叶って、人の命を救う立場になった。

今でももちろん、拓馬のことを思い出す。

辛くて、苦しかったとき。

拓馬は私についていてくれた。

私がもう少し早く生まれていれば。

拓馬の命を救えていたかもしれない。

拓馬のような病気の人を、今まで何人と診てきたことか。

今まで生きていてわかった。

治らない病気でも治す。

絶対に治すという強い意志があれば、治ることがあると。

今まで、担当してきた患者を、治らない病気で3人も死なせてしまった。

私は無力なんだ、とそのとき何度も思ったけど、拓馬の写真のおかげでなんとかなった。

ロケットペンダントの中に入れた写真は、今でも私の大切なもので、忘れられない思い出のひとつ。

そして、お守り。

カチリと開けば、いつでも拓馬の笑顔があって。

何度も何度も見た。

拓馬に対してあった“ごめんね”の気持ちは、今はあまりない。

ごめんね、と思うのは、救ってあげられなかったということ。

今は、拓馬にいろいろなことを教わったから、“ありがとう”の気持ちでいっぱいだよ。

どんなに頑張っても、拓馬を生き返らせることはできない。

だけど、私はほかの人を救える。

拓馬のような病気に苦しむ人を、救える。

だから、もう私は謝らない。

ひとりで生きるこの世界は、悲しくて寂しいよ。

拓馬といた時間は、短かったようで長かったんだ。

「オペは成功。あとは彼女の生命力に賭けましょう」

「はい、ドクター」

今、ひとりの女の子の手術が成功した。

あとは、この子の脅威の回復力で治っていくだけ。

「今日は私の勤務はこれで終わりよね？」

「はい、今日はドクターは昼までなので」

「じゃあ、帰るわね。また何かあったら連絡をちょうだい」

「はいっ！」

そして私は足早に出ていった。

向かった先は、拓馬のお墓。

電車に乗って30分。

病院からはそれほど離れていない。

拓馬のお墓は、いつも誰かがキレイにしている。

たぶん史江さんだろう、と私は踏んでいる。

タカヤさんも、ときどき手伝っていそうだけど……。

拓馬の墓前で、私は手を合わせる。

今日は私がいちばんだったみたい。

「拓馬、私はずっと忘れないから」

声に出して言ってみた。

たとえ世界中の人々が拓馬の存在を忘れようと、私はずっと覚えている。

いつまでも愛しているよ、拓馬。

ありがとう。

だってそうでしょ？

拓馬が私をここまで導いてくれたんだ。

私が医者になろうとしたきっかけは拓馬だから。

ありがとう。

拓馬、大好き。

いつまでも忘れないよ。

私はパッと目を開けた。

そして、拓馬の家へと向かった。

ここからだと、かなり近い拓馬の家。

数分で行けるようなほど近いから、歩いてすぐにつく。

――ピーンポーン。

インターホンを押すと、史江さんが出てきた。

「あら、優夏ちゃんじゃないの。最近顔を出さないから、もう来ないのかと思っていたわ」

史江さんが「入って」と私を中に促す。

「いえ、最近忙しかったんで。史江さんがお元気そうで何よりです。タカヤさんも、お元気ですか？」

「えぇ。優夏ちゃん、本当に大人になったわね。キレイになっちゃって。お仕事はうまくいってるかしら？」

「はい、まぁボチボチですかね」

「そう。何かあったら溜め込まずにすぐ言うのよ？　私はいつでも優夏ちゃんの味方だから」

心強い味方だな、とつくづく思う。

「はい、そんなことわかってますって」

私が冗談混じりに言って、笑い合った。

そして、時間はあっという間に過ぎて、私は帰ることになった。

といっても、これから友達の結婚式がある。

夜からの結婚式で、私はナイトウエディングは初めてだから楽しみなんだ。

高校からの友達の亜美が結婚するんだ……。

# 親友【亜美side】

　今日は、私の結婚式。
　今までいろいろなことがあったと思う。
　明がいなくなって、それを人のせいにして、優夏をたくさん傷つけた。
　でも優夏は許してくれた。
　私はそんな優夏が大好き。
　私の親友なんだ。
「亜美、とうとう今日だな」
　そんなことを大好きな人に言われたら、照れてしまう。
「う、うん。うまくできるか心配だけど」
　私の顔は、たぶん真っ赤。
「大丈夫。みんなの前でキスするだけだし」
　そ、それが恥ずかしいの！
　うぅー、どうしよ。
「大丈夫だって、亜美。俺がそばにいて、エスコートするから。安心してリラックスしとけ」
「うん、浩平に任しとけばいいのね？」
「当たりめーだろ？　俺に任しとけば、なんとだってなるんだ」
　まあね。
　浩平の家は、つい最近まで知らなかったけど、結構なお金持ち。

お父さんが社長さんなんだって。

でも、私はそんなことはどうでもいいの。

ただ、浩平と結婚したいだけ。

大好きな浩平だから。

「浩平、大好きだよ！」

「俺は愛してるよ」

「……っ」

ズルイよ。カッコよすぎるんだから、浩平のバカ。

「じゃあ、私は着替えてくるね」

「おう、俺も着替えてくるわ」

そうして私たちは別々の着替え室に向かった。

「亜美、待ってたよ〜」

そう言ってきたのは、私の親友。

麻菜だ。

「麻菜、今日はとびっきりかわいくしてね！」

「当たり前。私を誰だと思ってるの？」

麻菜は今、日本中で騒がれている美容師さんだ。

理容師の資格とか、そういうのも持っているから、全国で麻菜系列の店舗がいくつかある。

それくらい腕が立つんだ。

「よし、じゃあやりますか」

麻菜がそう言ったので、私はイスに座った。

ちょっとだけ髪を切ってもらって、着つけをしてもらったら、あとはヘアメイクする人に任せるんだ。
「オッケー、こんなもんかな？」
　前にあった鏡を覗けば、私じゃないみたい。
　ウェディングドレスを身にまとった私は、小さいころから夢見ていたお姫様みたいだった。
「亜美、次はこっちに来て！」
　麻菜と私がこれでいいか、と確かめ合っていたとき、もうひとりの親友の声がした。
「は〜い！　じゃあ、ありがとね、麻菜」
「どういたしまして！」
「美智留！　よろしくね！」
　もうひとりの親友のもとへ走った私は言った。
　そう、もうひとりとは、美智留のこと。
「はいよー。亜美、今よりももっと素敵にしてあげるからね！」
「うん！　頼みます」
　美智留はメイク担当。
　資格もバッチリ取っていて、文句なしの腕前。
「ナチュラルだけど、ちょーイケてるやつにするから！」
「うん、ありがとう」
　美智留はそのあと、たくさんのメイク道具を出した。
　ひとつずつ、これは何か、とか説明してくれて。
「で、最後にこれね。これならどこでも売っていると思うから、家で使ってみたらいいよ。ここをこうして、こうすると……。ね？　イイ感じになったでしょ？」

おお！　すごい！

最後に盛る部分は盛って、完成した。

「ありがとー！　美智留ってモデルのとかもやってるんでしょ？　腕がよすぎるよー！」

「それ言うんだったら麻菜もだよ。あたしたち、結構一緒に仕事するんだ。メチャクチャ楽しいよ！」

「へー、そっかぁ。今日はありがとね」

「どうも。亜美のメイクとかならいつでもやれるって。また頼んでね～」

「うん。ところで髪のセットは誰がす……」

「いやぁ、遅れてごめん！　あたしが髪のセットするよ！」

私の言葉を遮ったのは、凛だった。

ってか、凛!?

「えっ、凛が髪のセットすんの？」

「当ったり前!!　あたしじゃなかったら誰がすんの？　資格はちゃんと持ってます～！」

へー、凛が……。そっかぁ。

「じゃあ凛、あたしは会場で待ってるから、イイ感じに仕上げてねー！」

美智留がそう言って会場に戻っていった。

「亜美の髪質ってキレイなんだよね～。いつかは、やりたかった！　亜美、とびっきりかわいくするからねっ！」

おぉ、なんか気合いがすごいよ??

そうこうしているうちに、髪がセットされていく。

　す、すごい……。

　鏡を見て恐縮するばかりの私。

　凛ってば、すごすぎ。

「でーっきた！」

「すっごーい！　凛、ありがと！」

「それほどでも……。あ、もうこんな時間だ。あと30分で式がはじまるよ？　覚悟はできた～？」

「とっくにできてますっ」

　タキシード姿の彼は、カッコいいんだろうな、なーんて。

　優夏、もう来ているかなぁ。

　あと、いつものメンバーも。

　私の大好きなみんな。

「亜美、そろそろじゃないのか？」

「お父さん……」

　私が弱々しく呟くと、お父さんがバシッと背中を叩く。

　お父さんは、結構長身で、それなりにカッコいい。

「痛いって」

「まあまあ、お前の大好きな人なんだろ？　そんなに緊張してたら、一生に一度の結婚式が台なしになるだろ。結婚を許した俺の立場がなくなる……。お前はお前らしくしとけばいいんだよ」

　お父さん……。

　今日はなんだか真面目なことを言っている気がする。

「新郎新婦入場」

　ここは教会。

夜にする結婚式なんてあんまり聞いたことがなかったけど、なんとなく夜がよかったんだ。

それに、夜なら優夏も都合がつきやすいかなって。

私はお父さんと腕を組んで、歩いていく。

離される腕。

「父さんは、お前のこと大好きだからな」

そう呟いたお父さんは、優しいほほえみを私に向けた。

お父さ〜ん!!

そう泣きたくなる気持ちを抑えて、最高の笑顔で彼のもとに行く。

「新婦、藤堂亜美」

「汝(なんじ)、健やかなるときも、病めるときも、喜びのときも、悲しみのときも、富めるときも、貧しいときも、これを愛し、これを敬い、これを慰め、これを助け、その命ある限り、真心を尽くすことを誓いますか？」

温かな神父の声に、私はこう答える。

「誓います」

はっきりとした口調だった。

迷いなんて、みじんもない。

彼が大好きなんだな、と改めて実感する。

「新郎、志場浩平」

「汝、健やかなるときも、病めるときも、喜びのときも、悲しみのときも、富めるときも、貧しいときも、これを愛し、これを敬い、これを慰め、これを助け、その命ある限り、真心を尽くすことを誓いますか？」

「誓います」

　浩平の大きな声に、みんなは息をのむ。

「それでは、誓いのキスを」

　私と浩平は、吸い寄せられるようにキスをした。

　キスが終わったところで、彼は私に言う。

「一生愛してる」

「ん、私も」

　甘い囁きとともに、私たちは永遠の愛を誓った。

「亜美、来たよー！」

　そう言って私のもとへ飛んでくる優夏。

　いろいろなことがあったのに、優夏は私を許してくれたよね。

「優夏！　来てくれてありがとう!!」

「もちろん。だって私たち、親友でしょ？」

　ああ、優夏は優しい子だったよな、と改めて思い知らされる。

　コホン……。

　ふいに、優夏が咳払いして私を見た。

「亜美……、いや、志場亜美さん。このたびはご結婚おめでとうございます。今後とも夫婦仲よく円満にお過ごしください」

「……っ！　優夏！　ありがとう！　ありがとう。大好きだよ」

　それからみんなに「おめでとう」と言われて、私たちはみんなで写真を撮った。

　大人数の撮影になったけど、私はみんなでいられることがうれしかった。

　浩平とテラスに出て、私は思ったことを口にしてみた。

「みんなが私たちのことを祝ってくれてるよ。浩平、一生私を離さずに幸せにしてねっ！」

「おう、当たりめーだろ」

　そうやって照れ臭そうに笑う浩平に、私は心の底からうれしくなった。

END

# あとがき

このたびは「あなたがいたから、幸せでした。」を手に取って下さり、ありがとうございました。

私がここまで来れたのは、読者の皆様の支えあってのことです。

文庫化にあたって皆様の熱いメッセージに何度も励まされ、感謝してもしきれません。

ただ、サイトに掲載されている作品にずいぶんと修正を入れたので、話が違うと思われるほうが多いかと……笑

ところで、主人公の優夏はどうでしたか？

そこまで自分を貶(おとし)めなくても……と思った方も多かったかもしれませんが、私的には満足です。

イジメっ子たちも、気に入っていたりするんですよね。

イジメっ子たちは大親友のためだけを思って、優夏をイジメはじめてしまう……。

イジメは決して許されることではありませんが、彼女たちの友達思いなところは好きです。

イジメっ子たちには、イジメっ子たちなりの思いがあったんだと思います。

イジメはいけない。

本当の友達だったらイジメを止めるべきだ。

そう思う方もいらっしゃるかもしれませんが、実際、すべてがうまくいくはずありません。

そう私は思っているのですが、イジメを助長させているわけではないので、そこはお忘れなく。

もし今、あなたのまわりでイジメが起きているのなら、ただ見ているだけの人にはならないでください。

救ってあげて、とまでは言えませんが、陰ながらでもいいのでイジメられている人の支えになってあげてください。

それだけで、その子は少し心が軽くなると思います。

この本が、誰かの勇気になることを祈って。

この本が、誰かの支えになることを祈って。

この本が、誰かの笑顔を作ることを祈って。

そして、あなたの、あなたの友達の、あなたの家族の、あなたの近所の、あなたのまわりを取り巻く人々の希望になることを祈って……。

あとがきにかえさせていただきます。

2016.5.25　如月　双葉

この物語はフィクションです。
実在の人物、団体等とは一切関係がありません。

如月　双葉先生への
ファンレターのあて先

〒104-0031
東京都中央区京橋1-3-1
八重洲口大栄ビル7F
スターツ出版（株）書籍編集部 気付
如月　双葉先生

あなたがいたから、幸せでした。

2016年5月25日　初版第1刷発行

著　者　如月　双葉

発行人　松島滋

デザイン　カバー　蔦見初枝
フォーマット　黒門ビリー&フラミンゴスタジオ

ＤＴＰ　株式会社エストール

編　集　酒井久美子

発行所　スターツ出版株式会社
〒104-0031 東京都中央区京橋1-3-1　八重洲口大栄ビル7F
TEL 販売部03-6202-0386（ご注文等に関するお問い合わせ）
http://starts-pub.jp/

印刷所　共同印刷株式会社

Printed in Japan



ISBN 978-4-8137-0102-6　C0193

# ケータイ小説文庫　2016年5月発売

## 『手の届かないキミと』蒼井(あおい)カナコ・著

地味で友達作りが苦手な高2のアキは、学年一モテる同じクラスのチャラ男・ハルに片思い中。そんな正反対のふたりは、アキからの一方的な告白から付き合うことに。だけど、ハルの気持ちが見えなくて不安になる恋愛初心者のアキ。そして、素直に好きと言えない不器用なハル。ふたりの恋の行方は⁉

ISBN978-4-8137-0099-9
定価:本体580円+税

ピンクレーベル

## 『スターズ&ミッション』天瀬(あませ)ふゆ・著

成績学年首位、運動神経トップクラスの優等生こころは、誰もが認める美少女。過去の悲しい出来事のせいで周囲から孤立していた。そんな中、学園トップのイケメンメンバーで構成される秘密の学園保安組織、SSOに加入することに。事件の連続にとまどいながらも、仲間との絆をふかめていく！

ISBN978-4-8137-0098-2
定価:本体650円+税

ピンクレーベル

## 『太陽の声にのせて』cheeery(チェーリィ)・著

友達も彼氏もいて、なんの不満もない高校生活を送っいた高1の友梨。だけど、思っていることを言葉にできない自分に嫌気がさしていた。そんな友梨の前に現れたのは、明るくて人気者の太陽。そんな太陽が友達・彼氏と人間関係に悩む友梨に、本物の友情とはなにか教えてくれて…。大人気作家cheeery初の書き下ろし作品！

ISBN978-4-8137-0101-9
定価:本体540円+税

ブルーレーベル

## 『1495日の初恋』蒼月(あおつき)ともえ・著

中3の春、結は転校生の上原に初めての恋をするが、親友の綾香も彼を好きだと知り、言いだせない。さらには成り行きで他の人と付き合うことになってしまい…。不器用にすれ違うそれぞれの想い。気持ちを伝えられないまま、別々の高校に行くことになった2人の恋の行方は…？ 感動の青春物語！

ISBN978-4-8137-0100-2
定価:本体610円+税

ブルーレーベル

# ケータイ小説文庫　好評の既刊

## 『妄想ラブレター』浪速(なにわ)ゆう・著

高1のツヤコは前の席の瀬戸とニセモノのラブレターを交換することに。最初は嫌々だったけど、次第に楽しくなってきて瀬戸に惹かれていく。だけど、瀬戸には好きな人がいて、ツヤコとのラブレター交換も練習だと判明し…!? 第10回日本ケータイ小説大賞優秀賞受賞の切ないラブストーリー！

ISBN978-4-8137-0089-0
定価:本体580円＋税

ブルーレーベル

## 『にじいろ』咲坂(さきさか)ジュン・著

中2のヒカリは、親友レナへの嫉妬心から、学校裏サイトで彼女の悪口を爆発させる。それが原因でレナは自ら命を絶つことに。以来ヒカリは「人殺し」の汚名を着て、灰色の日々を送る。やがて心優しい藤堂と出会い恋をするが、幸せも束の間、驚くべき彼の過去が明らかになっていく…!?

ISBN978-4-8137-0091-3
定価:本体550円＋税

ブルーレーベル

## 『ひまわりの約束』白(しろ)いゆき・著

高校に入学したばかりの彩葉は、同じクラスの陸斗にひとめぼれする。無口でいつもひとりでいる彼にアプローチするが、全然ふりむいてもらえない。実は陸斗は心臓に病気を抱えていて、極力人とのかかわりをさけていたのだ。それを知った彩葉はもっと彼を好きになるが…。切なさに号泣の恋物語。

ISBN978-4-8137-0090-6
定価:本体590円＋税

ブルーレーベル

## 『あなただけを見つめてる。』sara(サラ)・著

過去のイジメが原因で内気になり、目立つことなく高校生活を送っていた葵。ところが、クラス替えで出会った人気者の朝陽に、本当の自分を隠しているのを見抜かれ、ふたりは親しくなる。自分にはない明るさを持った朝陽に心惹かれた葵は、彼の“あるひとこと”で自分を変えようと決意するが…。

ISBN978-4-8137-0075-3
定価:本体590円＋税

ブルーレーベル

# ケータイ小説文庫　2016年6月発売

NOW PRINTING

## 『サッカー王子と同居中』桜庭成菜・著

高校生のひかるは、親の都合で同級生の相ケ瀬くんと同居することに！　学校では王子と呼ばれる彼はえらそうで、ひかるは気に入らない。さらに彼は、ひかるのあこがれのサッカー部員だった。マネになったひかるは、相ケ瀬くんのサッカーへの熱い思いを感じ、惹かれていく。ドキドキの同居ラブ！

ISBN978-4-8137-0110-1
予価：本体500円＋税

ピンクレーベル

NOW PRINTING

## 『キミとあたしが嘘をつく理由（仮）』なぁな・著

高2の花凛は、親友に裏切られ、病気で亡くなった父のことをひきずっている。花凛は、席が近い洸輝と仲よくなる。明るく優しい洸輝に惹かれていくが、洸輝が父を裏切った親友の息子であることが発覚して…。胸を締めつける切ないふたりの恋に大号泣！　人気作家なぁなによる完全書き下ろし‼

ISBN978-4-8137-0113-2
予価：本体500円＋税

ブルーレーベル

NOW PRINTING

## 『その一瞬を（仮）』愛庭ゆめ・著

高2の結は写真部。被写体を探していたある日、美術部の慎先輩に出会い、彼が絵を描く姿に目を奪われる。今しかないその一瞬を捉えたい、と強く思う結。放課後の美術室は2人だけの場所になり、先輩に惹かれていく結だけど、彼は複雑な事情を抱えていて…？　一歩踏み出す勇気をくれる感動作！

ISBN978-4-8137-0114-9
予価：本体500円＋税

ブルーレーベル

NOW PRINTING

## 『奴隷部屋』西羽咲花月・著

高1の朱里が暮らす【mother】の住民は、体内のICチップで全行動を監視されていた。ある日、朱里と彼氏の翔吾たちは【mother】のルールを破り、【奴隷部屋】に入れられる。失敗すれば命を奪われるが、いくつもの謎を解きながら脱出を試みる朱里たち。生死をかけた脱出ゲームが、今はじまる！

ISBN978-4-8137-0115-6
予価：本体500円＋税

ブラックレーベル

書店店頭にご希望の本がない場合は、
書店にてご注文いただけます。